新装版

今日、きみと息をする。

武田綾乃

宝島社

新装版　今日、きみと息をする。

息を止めてみる、五秒間だけ。その間、俺という存在は消えてなくなる。酸素を吸うこともせず、二酸化炭素を吐くこともない。皮膚と空気の境界が曖昧になり、俺は世界に溶けていく。でも、五秒間だけ。それ以上は堪えられない。俺は肺の奥底から、思い切り二酸化炭素を吐き出す。溜め息にも似た深呼吸は、誰に気づかれることもなく日常へと沈んでいく。

01

「将来どうなりたいとか、考えていることはある？」

とても真面目な顔をして、みどり先生は俺に尋ねた。教室には二人きり。いわゆる二者面談というやつだった。ガラスの向こう側では、熟した柿みたいな色をした太陽が町の中へと沈もうとしていた。ごちゃごちゃと乱雑に押し込まれた建物たちが、その瞬間だけ真っ赤に染まる。もうすぐ、夜が来る。俺は曖昧に笑って、肩を竦めた。早く終わらないかな、とちらりと時計に視線を走らせる。

みどり先生は俺の模試の結果を見ながら、うんうんと唸っている。彼女はとても可愛い。四十歳を超えた女性にこの表現は不適切かもしれないけど、それでも俺は思う。
みどり先生は可愛い。

先生は俺の担任だった。彼女はとても小さい。男子高校生の平均身長を遥かに下回る俺にとって、ヒールを履いていても自分より背が低い女性はとても貴重だ。もし先生が若い新任の教師だったら、完全に好きになっていたと思う。小さい身体ながらに一生懸命動き回っている先生は、まるで小動物みたいだ。雰囲気がハムスターに似ている気がする。ジャンガリアンハムスターに。

「希望、本当にないの？」

「特にないです。この御時世ですから、僕みたいな奴を雇ってくれるところがあるんなら、それで充分です」

「そうは言ってもねぇ……」

先生は少し困ったように眉尻を下げる。俺は机の表面を指で撫でた。どっかの馬鹿が落書きしたのだろう。やたらとリアルな猫がこちらを見ている。思わずその目を指で隠した。

「この学力なら有名国立大は無理でも、そこそこの大学なら狙えるはずよ。お姉さんも貴方に進学してほしいと考えているみたいだし、急いで就職する必要があるかしら」

「姉の負担になりたくないんです」

「奨学金を借りればいいじゃない。宮澤(みやざわ)君、本当は進学したいんでしょう？」

「僕、勉強嫌いですし。進学したいなんて考えたことないですよ。むしろ早く解放されたいと思ってるくらいです」

　目を細め、口元を緩ませる。笑顔を作るのは容易(たやす)く、だけど持続させるのはとても面倒だ。蝋(ろう)を垂らしたみたいに、顔がこの形で固まってしまうような気がする。

　みどり先生はじっとこちらを見つめ、やがて観念したように溜め息をついた。薄桃色の唇が、ぱくぱくと上下する。

「先生ね、本当に宮澤君がそうしたいならそれでいいのよ。でも、後悔だけはしてほしくない。宮澤君はまだ一年生だし、考える時間があるわ。就職するにしても、どんな仕事をしたいかぐらいは書かなきゃ。『なんでもいいです』じゃ、こっちも困るわ」

「でも、それが本心なので」

「……貴方は何をそんなに焦っているの？」

　先生は僅かに目を細める。嫌だな、と思う。彼女のこういうところは苦手だ。

「焦ってないですよ。先生の勘違いです」

　嘘(うそ)だった。多分、相手も嘘だと分かっている。視線が、真っ直(まっす)ぐにこちらを射抜く。

　俺はそれを受け止める。決して逸(そ)らさない。彼女の黒い瞳が数度瞬(まばた)く。

「……そうね、先生の勘違いだったわ」

彼女は髪を掻き上げ、静かに微笑んだ。騙されてくれたのだ。俺も目を細める。先生のそういうところが、とても好き。俺の醜い部分を見ない振りしてくれるところが。

「それじゃあ僕、ちょっと部室行ってきます。スケッチブック忘れたんで」

そう言って、俺は立ち上がる。太股が椅子を弾いて、ガタリと音を立てた。

「美術室の鍵、開いてたかしら」

「多分田村が残ってますよ。この前水彩画描いてましたから、今週中に仕上げるつもりなんだと思います」

「なら鍵はいいわね。田村さんにあまり張り切りすぎないようにって伝えてちょうだい」

「はい、分かりました」

みどり先生が手元の表に斜線を入れる。今日の二者面談の予定表だ。この日は俺が一番最後だった。時間がかかる生徒は最後に回されるものらしい。先生は俺を手のかかる奴だと思っているのかもしれない。

「先生、さようなら」

「また明日ね」

先生は小さく会釈した。スポーツバッグを肩にかけ、俺は教室をあとにする。廊下に人影はなかった。肩にかかってくる重みに、俺は僅かに顔を歪(ゆが)める。持ち手が皮膚に食い込んで痛い。置き勉すればよかった。思わず、俺は息を吐く。

美術部の部室は、本校舎から少し離れた場所の南校舎にあった。部室棟と呼ばれているそこでは、常に吹奏楽部の下手(へた)くそなラッパの音が聞こえてくる。

うちの高校では、生徒全員に部活に入ることを強制している。文武両道がモットーだそうだ。正直言って、俺は部活なんかに入るつもりは一切なかった。ただ強制ならば仕方ないと思い、一番楽そうな美術部に入部した。部員がおらず、廃部寸前のこの部活なら、しがらみもなくやっていけると思った。今年入部したのは一年生が三人だけ。俺以外だと、田村夏美(なつみ)と沖泰斗(おきたいと)。この三人ならやっていける。初めのうちは、俺だってそう思っていた。そう本気で思っていたのだ。なのに。

美術室には案の定、田村がまだ残っていた。彼女はこちらを一瞥(いちべつ)するなり、がっかりしたように溜め息をついた。あからさまに肩を落としている。

「なんだ、アンタか」

「泰斗じゃなくて悪かったな」

俺は唇を吊(つ)り上げ、小さく笑う。自嘲だった。

「沖君は？」

「アイツは今日は来ねえよ。先帰った」

「あ、そ」

話は終わったと言わんばかりに、田村は再び絵へと視線を落とした。彼女はいつもそうだ。俺を見ない。俺に関心がない。田村が興味があるのは、いつだって泰斗だけ。

「何描いてんの？」

「アンタには関係ない」

「ふうん、綺麗な絵だな。これどこ？」

「何勝手に見てんのよ」

絵を隠すように、彼女は俺の視線の先にその身を滑り込ませる。田村は大きい。女子なのに身長が一七〇センチ以上ある。俺よりも十センチ近く背が高い。だからそうやって本気で阻まれると、俺は何もできなくなる。彼女の背にすっぽりと隠れた風景画。泰斗には嫌というほど自分の絵を見せるくせに、彼女は俺に絵を見せてくれない。

「分かった。それ、西町の馬鹿でかい駐車場の近くだろ。田んぼばっかりあるとこ」

「なんで分かんのよ！」

「いや、そりゃ分かるだろ。通ったことあるし」

「相変わらずキモい記憶力してんね」

田村は嫌そうに顔を歪めた。言葉の端々から毒が滲み出ている。

彼女は俺が嫌いだ。多分、誰よりも嫌ってる。

「アンタいつまでここにいるわけ。さっさと帰りなよ」

「そんなに急かすなよ」

「アンタと同じ空気を吸いたくないの。一秒でも早くアタシの前から姿を消して」

「お前ホント俺のこと嫌いだな」

自分で言って、哀しくなった。笑みを維持するために、無理矢理口角を持ち上げ続ける。容赦ない彼女の言葉を聞くたびに、俺の心臓にはブスリといくつもの穴が開く。そりゃそうだろう。好きな女に嫌われて、喜ぶ男がどこにいる。

「いまさら何言ってんのよ。ほら、早く帰れって」

しっしっ。と、田村は空で手を払う。切りすぎて短い彼女の爪。几帳面な奴だな、とこういうときに思う。

「分かったよ」

俺は棚に置いてあったスケッチブックを、そのままバッグに突っ込む。この中にはたくさんの落書きが入っている。見せるに忍びない薄汚い俺の感情たち。誰かが見たら、多分ぎょっとすると思う。俺は醜い。その濁った内面が、所狭しと描き込まれているのだから。

「じゃあな、田村」

　俺はひらひらと手を振る。もちろん、彼女には無視された。

　美術室の扉を閉めると、彼女の姿はあっさりと見えなくなる。ああ、そう言えば。と、そこで俺は思い出した。

「みどり先生の伝言、伝えんの忘れてたな」

　独り言が廊下に落ちる。しかしそれもすぐに乱雑な楽器の音に掻き消された。別にわざわざ戻って言うほどのことでもないだろう。俺は頭を掻くと、そのまま昇降口を目指した。


　昇降口にはいくつもの靴箱が並んでいる。こちらに向かってぽっかりと口を開けているそれらを見ていると、なんだか不思議な気持ちになる。埋もれてしまう。そんな危機感が胸をひらりと掠めていく。

　高校に入学したときに買ってもらった上履きは、学校指定のものだった。まだ真っ白で、ほとんど汚れていない。中学を卒業するとき、俺の上履きは薄汚く汚れていた。石鹸で洗っても洗っても染み付いた時間は流れ落ちなくて、姉さんが呆れた顔をしていたのを覚えている。結局買い替えもせずに、俺はその上履きで中学校生活を過ごし切った。高校を卒業するときには、この上履きも汚れているのだろうか。そんなことを漠然と思った。

上履きを仕舞い、俺は黒いローファーを取り出す。サイズが少し大きいそれは、姉さんが見繕ったものだった。歩きにくいけれど、デザインは気に入っている。


校庭に出ると、雨の匂いがした。水の気配だ。辺りが暗いせいでよく見えないが、どうやら曇っているらしい。今日は折り畳み傘を持ってきていない。家に着く前に降らなければいいが……。そんなことを考えながら、俺は足を進める。

「け・い・と・くーん！」

いきなり背中に突撃されて、俺は危うく前へとつんのめりそうになった。振り返ると、長身の男がへらへらと笑っている。泰斗だ。

「俺に触るな近付くな半径十メートル以内に入ってくるな」

「悪かったって、そんな怒んなよ」

泰斗の手が、俺の頭を軽く叩く。それだけですごく苛々する。上から下へ。大柄な彼の俺へのモーションは常に同じだ。

彼は背が高い。一九〇センチ近くある。しかもイケメン。しかも運動神経抜群。しかし馬鹿。悲しいかな、天は彼に二物までは与えても、三つも贈り物をするほどは太っ腹ではなかったらしい。

「お前先帰ったんじゃなかったのかよ」

「んーにゃ、帰ろうと思ったけどはっせーとしゃべってたらこんな時間になった。で、けいとを見つけたから追っかけてきたってわけ」

「どうせくだらねぇ話してたんだろ」

「くだらなくねえよ。クラスの女子で一番胸がでかい奴は誰かっつう話をだな、」

「くだらねえ、死ね」

「ひっど」

運動場では野球部の一年生が片付けを始めていた。ズルズルとトンボを引きずり、地を均（なら）している。多分地面にはいま、たくさんの引っ掻き傷ができているのだろう。土に浮かぶ波紋の上で、アメンボのように彼等は進む。

「けいと傘持ってる？」

「あ？　持ってねえよ」

「マジかー、オレも持ってねえんだよなー。帰るまでに降らねえよな？」

「知るか。濡（ぬ）れて帰れ」

「いやーん、けいと君ったらホント冷たーい。まあそういうところにマジ痺（しび）れちゃうんだけどネッ」

「裏声すんな。ウザイキモイ死ね」

「お前オレに死ね死ね言いすぎだろ！」

「俺が言ってるんじゃねえ。お前が言わせてんだ」

「えっ……なんかいまの台詞（せりふ）ときめいた」

「なんでだよ」

　この男としゃべっているとペースが狂わされる。俺は自身のこめかみをぐりぐりと指圧した。

　何が楽しいのか、泰斗はニコニコと気持ちの悪い笑みを浮かべている。でも多分気持ち悪いと思うのは俺だけで、女子がこの顔を見たら歓喜するんだと思う。泰斗はモテる。まあこれだけモテる要素が揃（そろ）っていたら仕方ないと思うけれど。しかしモテない男からすれば、彼の存在は面白くない。

「オレさあ、けいとといたら超テンション上がるんだけど」

「俺は下がる。だから即刻目の前から消えろ」

「やっぱりこれってアレかなあ、オレがお前のこと好きだからかなあ」

「知らねえよ馬鹿」

「もしお前が超絶美少女でＩカップで優しかったら、絶対告白してたわー」

「それもう別人だろ。そんな女いたら俺でも告白するわ……っつーかＩとかお前夢見すぎだろ、現実見ろよ」

「馬鹿野郎！　男は夢見てなんぼだろ！」

「お前ホント馬鹿だな……馬鹿だ」

「二回言うなよ！　っつーかその哀れむ目はやめて！」

　正門を抜ける。まばらに歩く生徒たちがちらりと俺らを一瞥する。ひそやかに向けられる女子生徒たちからの熱い眼差しが鬱陶しいことこの上ない。

「……こんな奴のどこがいいんだか」

「そりゃやっぱ顔だろ顔。あと身長」

「お前さ、そういうの自分で言うなよ。中身が好きって思ってる女子もいるかもしんねえだろ？」

　例えば田村とかさ。口をついて出そうになった言葉を、俺は必死に呑み込む。彼女の好意を泰斗はとっくに気づいている。なのにそれを完璧に無視しているのは……つまりはそういうことなのだ。

　泰斗は苦笑し、首を横に振った。

「いねぇよ、いるわけねぇじゃん」

「なんで」

「内面とか、見せたことないから。知らねえもんを好きになるのは無理だろ？」

「お前が見せてないって思ってるだけじゃねえの」

俺の問いに、彼はケラケラと笑った。わざとらしい笑い方だった。彼のこういうところが、ものすごく嫌いだ。

「確かに。けいとの前だと素だもんなあー」

「これが素なのかよ……引くわ」

「そういうリアクションやめて！　傷付く！」

泰斗はヘラリと笑う。それがムカついて、俺は思い切り彼の足を踏み付けてやった。それのどこが素なんだ。喉まで上がってきた台詞を、なんとか呑み込む。それを言うのは負けな気がした。何に負けるのかは、自分でも分からないけれど。

「痛い！　マジ痛い！」

泰斗が大袈裟な身振りで痛みを訴える。仕方なく俺は足を離した。泰斗の足は大きい。俺よりも、ずっと。そう思ったらまた苛々して、俺は大きく息を吐き出した。この嫌な感情も一緒に外へ出せたらいいのに。そう思った。

「なんだよ、なんか怒ってんのか？」

「別に」

「そのリアクションは完全に怒ってんな！　それともアレか？　人を踏み付けることに快感を覚えるようになったのか？　よっ、どS！」

「お前マジで一回死ね」

「うわ、お前いまスゲェ顔してんぞ。人殺しの目だ」

「お前なら殺しても許される気がする」

「許されねえから！　それ、犯罪だから！　分かったよ、謝るからその顔やめて！」

「ほら、そこに這いつくばれよ」

「やっぱSに目覚めてんじゃねえか！」

泰斗が品のない言葉を叫びながら、こちらに人差し指を突き付ける。探偵が真犯人を指名するときのポーズだ。周りにコイツと知り合いだと思われたくない。そう、割と本気で思った。

「――フフ、相変わらずだね。沖君」

収拾のつかなくなった二人の会話を遮ったのは、唐突に現れた少女の笑い声だった。

「里沙子？」

隣で泰斗が息を呑んだ。一瞬だけ彼の表情が強張る。俺はそのことに何故か動揺して、交互に二人の顔を見やった。少女は柔らかに微笑した。華奢な体付きの、控えめに言ってもかなりの美人だった。

「……誰？」

俺の問いに、泰斗はヘラリと笑った。またあの笑い方だ。

「元カノだよ。いまは……何高だったっけ？」

「西高（にしこう）だよ。制服見たら分かるでしょ？」

「あ、そうだったな。西高だ西高」

「ひどーい、ちゃんと覚えててよ」

冗談っぽくそう言って、彼女は泰斗の袖の裾を引っ張った。女の子らしい、可愛らしい仕種（しぐさ）だった。それはあまりに自然な動きで、思わず俺は身じろぎする。息苦しい。見目麗しい男女の世界に、異物が入ってしまっている。嫌だな、と思って俺は泰斗を見上げた。さっさと別れを切り出して家に帰りたい。

「あぁ、悪い」

彼はそう言って肩を竦めた。

「コイツ、オレの親友。宮澤けいとっつうんだ」

そうじゃねえよ。思わず口から飛び出そうになった言葉を、必死で堪（こら）える。自己紹介しろなんて誰が言った！　そう内心で叫びながらも、俺は軽く会釈する。彼女は少し照れたように笑って、こちらにひらひらと手を振った。よろしくね、だってさ。

「なんかいままでの友達と感じ違うね」

「はっせーみたいなのがよかった？」

「そういうつもりで言ったわけじゃないって」

頭上で交わされる会話に、俺はますます居場所がなくなる。はっせーってアレか、クラスメイトの長谷川のことでいいのか。そう思ったが、わざわざ聞くのも空気が読めない奴だと思われそうなので黙っておいた。泰斗が首を捻る。

「で、どうしたの？　わざわざオレに会いに来たとか？」

「違う違う。たまたま見かけたから、声かけただけ」

「ふうん。……そういや吉村とはどうなったの？」

「もうとっくの昔に別れてるよ。ソレ中学のときの話じゃん」

「そうだっけ？」

「沖君ったら本当に私に興味ないんだね」

「怒んなよ」

「怒ってないよ、別に。……ねえ、宮澤君。沖君って高校でも相変わらずこんな感じなの？」

「え」

いきなり話を振られ、俺は言葉を詰まらせた。泰斗が俺の肩を叩く。

「コイツ人見知りだからさ」

「あ、そうなんだ。ゴメンね、楽しそうなとこ邪魔しちゃって」

「い、いや……別に……」

「二人ってどういう関係なの？」

「同じ部活の友達なんだよ」

な？　と返事を促され、俺は頷く。

「いまはなんの部活に入ってるの？」

「ん？　美術部だけど」

「ええ！　沖君絵描くの超下手じゃん」

彼女はそのまんまるな瞳を大きく見開く。泰斗が少しムッとしたように、唇を尖らせた。

「別にいいだろ？　オレは鑑賞専門なんだ」

「そういう系の部活、絶対向いてないよー。ね、宮澤君もそう思わない？」

小首を傾げ、少女は俺の顔を覗き込む。冗談めかしたその言葉に、俺は嫌らしさを感じた。彼女は肯定を求めていた。泰斗を彼女の枠に、押し込めようとしていた。だから、俺は曖昧に笑った。いや、と小さく首を横に振る。

「絵はまあ下手だけど、やる気はあるから。結構向いてると、思う」

「だろう？」

泰斗が胸を張る。それを見たら何故だかとても苛々した。やっぱりあんなこと言わなきゃよかった。少し後悔。

「へー、沖君も頑張ってるんだね」

彼女は少し目を細めた。その笑顔は少し不満げだった。外灯の光が彼女の足元に落ちている。そこから伸びる影は、途中で夜と一体化していた。

「二人はいま彼女とかいるの？」

「いきなり話変わったな」

「そう？」

これが本題か、と俺はややげんなりとした。随分と長い前振りだった。

「宮澤君とか年上の人にモテるでしょ？　なんか守ってあげたくなる感じだよねー。小さいし、なんと言うか……可愛い系？」

ぐさぐさと胸に言葉が突き刺さる。多分悪意はないんだろうけれど、男に可愛いはやめてほしい。成長期を待ちわび続けている男子にとって、それはＮＧワードだ。

俺の内心を見透かしたように、泰斗がケタケタと笑った。

「モテねえよな、けいとは」

「うるさい」

「それにコイツ重度のシスコンだし。彼女とか絶対できないタイプ」

反論できないのは、それが真実だからだ。お姉さん好きなんだー、と彼女がのんびりと呟く。その声が若干引いているように聞こえて、俺は慌てて泰斗へとその矛先を向ける。

「そんなことよりお前の話しろよ」

「オレ？　オレは相変わらず超モテモテだな」

「うっざ。そこはもうちょい謙虚になれよ」

「だって事実だし」

「あーあ、お前滅びればいいのに」

「フッハッハ、男の嫉妬は醜いぜ」

「――沖君、いま彼女いるの？」

会話に割り込むように、少女が口を開く。透明感のあるその白い肌が、やけに艶めいて見えた。泰斗は少し困ったように眉を寄せ、ニッと唇の隙間から歯を覗かせた。

「いねえよ。残念ながらいまはフリー」

「好きな子は？」

「好きな子ねえ……んー、そうだな。けいとかな！」

彼はそう言って俺の肩を抱き寄せた。その足を思いっ切り踏み付けてやる。

「いった！」

途端、泰斗の身体が跳び上がる。

「お前なあ、こういう質問は茶化すなよ」

「ヒドイわ！　けいとったら私の気持ちを疑ってるのネッ！」

「その声やめろ、とりあえず死ね」

「とりあえず⁉」

彼はわざとらしく身をのけ反らした。いつものやり口だ。自分のペースに巻き込み、質問自体をうやむやにする。

彼女は諦めたように溜め息をつくと、こちらを見やった。長い睫毛に縁取られた瞳がきらきらと瞬いている。

「ごめんね宮澤君、ちょっと沖君と大切な話があるから。二人にしてもらってい い？」

初めからそう言ってくれればよかったのに。そう内心で苦笑しながら、俺は素直に首を縦に振る。こちらとしても早く二人から離れたかった。

「あ、あとね、」

彼女はそう言ってシャツの上から俺の腕を掴んだ。布越しの感触になんだかドキリとする。

「死ねとかそういうの、あんまり言わないほうがいいと思う」

「あ……うん」

真面目な顔をしてそう言われては、頷くしかない。別に軽い気持ちで言っているだけなのに。そう口にする気力もなかった。

「じゃあ宮澤君、またね」

　勝手に別れを切り出される。彼女は可愛らしい動作でひらひらと手を振った。大人しい顔をしているが、結構強引なタイプらしい。その後ろでは泰斗が肩を竦めながら手を合わせている。唇が言葉を形取った。ごめん。無言のままそう告げる彼はなんとも情けなくて、俺は仕方なく笑った。別に気にしてねえよ、と口の中だけで返事する。

「また明日な、けいと」

「あぁ」

　俺はそう返事して、歩みを速めた。曲がる必要のない角を曲がり、一刻でも早く二人の視界から消えようと努める。いまごろ彼女は復縁でも持ちかけているのだろうか。そんなことを考えながら、俺はただひたすらに歩いた。上の空のまま、駅の改札をくぐる。

　ホームは閑散としていた。いつもこの時間はすいている。反対側のホームは人で埋め尽くされていた。見ているだけで暑苦しくなる。やがて向こうのホームに、特急電車が停まった。わらわらとそこに人が乗り込んでいく。何やら注意する声が聞こえた。溢（あふ）れ出しそうになっている人々を、駅員が中へと無理矢理押し込んでいるのだろう。

　滑るように、電車が動き出す。彼等は前へと進んでいった。すごいスピードで。俺とは逆の方向に。

やがて俺の前にも電車が到着した。車内にはまばらに人がいるだけだった。手すりのついた、一番端の席へと腰かける。座った途端、思わず溜め息をついていた。正面にいた女性が、ちらりとこちらを見た。

死ねとか、あんまり言わないほうがいいよ。不意に彼女の言葉を思い出す。口の中がザラリとした。なんだか苦しい。不愉快な感情が、器官を塗り潰していく。息が詰まる。嫌だな、と漠然と思った。

あの子の名前、なんだったっけ。俺は目を伏せる。確か最初に泰斗が名前を呼んでいた。なんと呼んでいただろうか。思い出せない。顔も曖昧にしか覚えていない。ただかなりの美少女だったことは確かだった。胸は小さかったけれど。泰斗と付き合っていたころは、さぞやお似合いのカップルだっただろう。

不意に視線を外に向ける。窓ガラスにはいくつもの水滴が張り付いていた。本格的に雨が降り出したらしい。幸いにも駅から家までは近い。走ればそれほど濡れずに済むだろう。そこまで考えたところで、泰斗が傘を持っていなかったことを思い出した。彼はどうしたのだろうか。折り畳み傘ぐらい彼女は持っているだろうから、入れてもらっているのかもしれない。ぴたりと寄り添う二人の姿が、脳裏に浮かぶ。幸せそうに微笑んでいる彼女の顔が、急に田村のそれに変わった。泰斗と田村。二人が楽しげに顔を寄せ合って笑っている。その想像に、思いのほかショックを受けている自分がいた。馬鹿みたいだ。思わず自嘲する。

俺は田村が好きだ。かなり好き。恋人なんて贅沢なことは言わない。ただせめて普通の友達くらいにはなりたい。前みたいに笑って話せるようになりたい。俺の望みはとてもささやかなものなのに、彼女はそれすら許さない。田村は俺を嫌っている。多分、誰よりも。

「アンタさ、超絵うまいね。何部に入る予定？」

唐突に話しかけられ、俺は顔を歪めた。授業中にいきなりしゃべりかけられたら、誰だってそうなると思う。俺の左隣の席に座っていた田村は、腰から上を捻らせて俺のほうを向いた。その指が、ノートの落書きを示す。さっきテキトーに描いた科学の先生の似顔絵だ。

「……別に、部活とか入るつもりねえけど」

俺は唸るように返事した。あまり他人と話したくなかった。しかし彼女はそんな俺の対応に文句も言わず、むしろ楽しげに喉を鳴らした。

「ダメだよ。うちは強制でどっかには入部させられるからね」

「マジか」

「マジマジ。だから楽そうな部活に入んの勧めるよ。美術部とかさ」

「美術部？　そんなんあったか？」

「廃部寸前の部活だよ。いまんとこ部員ゼロ。ちなみに顧問はみどりちゃん」

「みどり先生ならいろいろ楽そうだな」

「でしょー？　どう？　入らない？」

「入るって何が」

「美術部よ！　びーじゅーつーぶ！」

そこで俺はようやく自分が勧誘を受けていることに気がついた。思わず彼女の顔を見る。

「……え、なんで俺？」

「何が」

「いや、誘うなら女とかのほうがいいんじゃないかと思って」

その言葉を、田村はフッと鼻で笑った。分かってないな、と彼女は明らかに馬鹿にした目で高らかに告げる。

「うちみたいな運動部が超強い学校で、いまにも潰れそうな美術部に入りたい女子なんているわけないじゃん！　そんな部活じゃ素敵な彼と出会えないでしょうが！」

「そうか？」

「そうよ、現に十人中十人に断られたんだから」

「そりゃあまあ……そうだろうな」

　彼女の周りには派手な容姿をした友人が多かった。俺はこのとき田村に対してまったく興味がなかったけれど、それでもクラスの中心メンバーであることはうっすらと察していた。彼女たちの中で美術部に入りたがるような物好きは、恐らく皆無だろう。

　威圧感すら与えるメイクで武装した少女たちは、どこにいたってとても目立つ。太股を露にするまでスカートを切り、シャツを胸元まで開けさせる。それに群がる、これまたクラスの中心メンバーである男子たち。世の中はとてもよくできていて、似ている者同士が惹かれ合うようになっているのだ。

「ほかに入りそうな奴はいんのか？」

「いないのよ、それが。だからまあ、いまんとこアタシとアンタの二人よね」

「えっ、俺が入んの決まってんの？」

「どうせ入るでしょ？　だからケッテーイ！」

　眼前に入部届けを突き付けられる。なんとも強引な女だ、と俺は呆れた。だけど不思議と嫌な気はしなかった。だからその紙を受け取った。理由はただ、それだけだった。

「でもいいのか？　お前は出会いを求めなくて」

「アタシはいいのよ、必要ないから」

「ふーん。彼氏いんの？」

「違ーう！　彼氏じゃなくて、彼氏にしたい人がいんの」

「なんだ、ただの片想いか」

「ただのって何よ、失礼ね」

不服そうに彼女は頬を膨らました。その唇が、俺の耳元へと寄せられる。

「……沖泰斗」

「はい？」

「一番左端の奴よ。アタシ、アイツが好きなの」

そのひそやかな囁きに、俺は好奇心に釣られてそちらを見た。うわ、イケメン。思わず声を出しそうになった。彼は授業を受ける気など一切ないようで、教科書を枕代わりにして眠っていた。その弛んだ顔ですら絵になっている。男から見てもかなりカッコイイ。テレビに出ている俳優とかモデルとか、そういうのに紛れていても多分違和感がないと思う。そう言えば入学式で女子たちがキャーキャー騒いでいた。あれはコイツが原因だったのかと、いまさらながら納得した。

「うちの高校ってさ、東中の奴ばっかじゃん？　沖君も東中なんだよね」

「へえ、じゃあ一緒の中学だったのか」

「そうそう。あ、アンタは何中？」

「……海南だよ、多分知らないだろうけど」

「うん、初めて聞いた。ほかに同中の奴いる？」

「いない、俺だけだよ」

「へえー」

　彼女はまったく興味なさそうに相槌を打った。その視線はイケメン男子生徒に注がれている。

「そんなに好きなんだったらさ、アイツ美術部に誘ってみたら？」

　それはただの思い付きだった。別によからぬことを考えていたとか、打算があったとか、そんなんじゃまったくない。ただ彼女が彼と同じ部活になれれば喜ぶのではないかと思っただけだ。

　しかしそう提案した瞬間、田村は烈火の如く怒り出した。目をキッと吊り上げ、口元を尖らせる。

「アンタ馬鹿じゃないの。なんで沖君が美術部なんて入んのよ」

「ええ？　いや、別に深い考えは……」

「いい？　沖君は中学のときからバスケ部のエースで、一年からレギュラーだったんだから。運動神経だって超いいんだよ？　それがどうしたらこんなあるかないか分かんないような影のうっすーい部活に入んのよ」

「はあ……まあ、そうだな」

お前は俺をそんな部活に入れようとしてるじゃねーか。と、口にするほど俺は空気の読めない男ではなかった。女心は複雑だ、としみじみ思う。

「沖君はあの感じがいいの。スポーツ馬鹿って感じが」

「ふーん」

「はあぁー、本当カッコイイ」

何がなんだかよく分からないが、彼女はうっとりとどこか遠くの世界に浸っている。多分、コイツは恋に恋しているんだろう。中身なんぞ見ちゃいない。

俺は手の中にある紙に視線を落とす。美術部。インクで印された文字たちが慎ましく並んでいる。いいかもしれない。頬杖(ほおづえ)をつきながら、俺は口元を緩ませる。きっと楽しくなる。なんとなくだけれど、そう思った。


ガタンと身体が揺れ、俺は目を覚ました。いつのまにか眠っていたらしい。窓の外を見やると、ちょうど下車駅だった。慌てて立ち上がる。正面に座っていた女性が、クスリと笑った。頬が火照る。恥ずかしくなって、俺は目を伏せた。そそくさと逃げるように電車を降りる。

駅から出ると、やはり雨が降っていた。激しく地面を叩く雨音が耳を通り抜け脳を突き抜ける。首筋に走る悪寒を振り払い、俺は駆け出した。ローファーが水溜まりを踏んで、水しぶきを上げた。ばしゃん。傘をさした通行人が嫌そうな顔でこちらを見る。軽く会釈して、俺はその隣をすり抜ける。鼓膜にへばりつく、鬱陶しい雨の足音。

「おっかえりー！　我が愛しの弟よ！」

帰宅した俺を出迎えたのは、いつもより高めの姉さんの声だった。リビングに足を踏み入れた途端、むっと酒の臭いが鼻についた。水滴が落ち、絨毯へ黒い染みを作る。

「……姉さん、今日は芳郎さんとデートするんじゃなかったの？」

リビングにかけられたカレンダーは、日付の部分が真っ黒に塗り潰されていた。姉さんが真っ赤な顔でこちらを見る。その目まで赤いことに、俺は気づかない振りをした。

「……アイツが悪いのよアイツが」

「また喧嘩？」

「………」

少し後ろめたそうに、彼女は目を逸らした。俺は湿気を吸い込んだシャツを脱ぎ、洗濯機へと放り込む。棚にあったTシャツは、洗濯のしすぎでプリントが薄くなっていた。タオルを頭にかけ、部屋着に着替える。その間、姉さんは何も言わなかった。

沈黙を味わうみたいに、もごもごと口だけを動かしている。

「今回は何があったの」

「別に何もないわよー」

「嘘」

「嘘じゃないー」

俺は冷蔵庫からミネラルウォーターを取り出す。グラスに注ぐと、こぽこぽと可愛らしい音がした。そのままそれを姉さんへと差し出す。

「ほら、明日も仕事なんだからさ」

「あー、もうけいとったら本当優しいー愛してるー」

「はいはい」

苦笑しながら、俺は姉さんの隣に座った。彼女は一気に水を呷ると、ガバリとこちらへ手を広げる。

「ぎゅーってしして！　ぎゅーっ！」

「……仕方ないな」

姉さんは悲しいとき、いつもこう言う。手入れの行き届いた真っ白な手が俺の背中に回される。そこに力は入ってない。ただ、二人の距離がゼロになるだけ。

姉さんの小さな胸が、俺の身体に押し付けられる。俺は耳を澄ます。心臓が泣いている音が聞こえる。姉さんは涙を流さない。だから代わりに心臓が泣いてくれているのだ。その微かな悲鳴を聞き漏らしたくない。気づかないままでいたくない。悲しみを共有してあげたい。そう思う。心から。

姉さんと俺は十六歳離れている。俺がいま十五で、姉さんは三十一。父と母が歳を取ってから産まれたのが俺だった。俺が物心ついたときには二人の愛はとっくに冷め切っていて、家庭の会話も形式張った言葉が飛び交っているだけだった。だから二人が離婚すると言い出したときも、俺は特に何も思わなかった。へえー、そうなんだ。まさにこんな感想。

「私がけいとを引き取ります」
そう姉さんが高らかに宣言したとき、食卓の空気は止まった。俺はじっと睨み付けていたキッチンタイマーから目を離し、姉さんを見た。父は口をポカンと開き、母はぎょっとした顔で姉さんを見ていた。俺だって驚いた。え、いまなんの話してたっけ、と、必死で頭を回転させる。そうだ。確か俺をどっちの親が引き取るかについて話し合ってたんだ。姉さんはもう二十八歳だし独り立ちしても平気だけど、さすがに小学生の俺を放置はできない。そんなことを話していた。

父にはすでに新しい恋人がいるし、母には収入がない。どちらにしても困るな、なんてことを俺は漠然と考えていた。姉さんと暮らすなんて発想、一ミクロンもなかった。ピピピピ、とタイマーが間抜けな音を立てる。そこで我に返り、俺はインスタントラーメンの蓋を捨てた。割り箸をその中へと突っ込む。やっぱりカレー味にしておけばよかった、と、いまさらながら少し後悔。

「貴方ソレ本気で言ってる？」

母がまじまじと姉さんの顔を見た。なんだか呑気(のんき)にラーメンを啜(すす)っていい雰囲気ではない。

「私ももう社会人ですし、何も問題はないと思うのですが」

「無理に決まっているだろう。子供を育てるということがどれだけ難しいか分かっているのか」

父の言葉に、姉さんは笑った。くすり。耳障りな声だった。

「貴方に言われる筋合いはないと思うんですけど」

「なんだと？」

「ひろこ、やめなさい」

「何をやめるんですか？　あぁ、私に口を開くなと？」

「そうは言ってないでしょ」

　不愉快そうに母は顔を歪めた。口元を手で覆い、姉さんは目を細める。蛇みたいな眼だ。ぎらつく眼光が空を裂く。

「貴方たちにとって子供なんて邪魔なだけでしょう？　遊びでセックスしたらうっかり出来ちゃっただけですしね。私を煩わしいと思うのも仕方ないです」

「けいとがいるんだぞ。その話はやめろ」

「どうして？　私はただ真実を言っているだけですけど」

「貴方、正気なの？　けいとはまだ小学生なのよ。子供の前でそんな話なんて……」

「ぼくに気を遣わないでいいです。姉さん、話を進めてください」

　俺は曖昧な笑みを浮かべ、両親の顔を見渡した。こうすれば物事が円滑に進むことを、幼いながらに知っていた。

　姉さんは笑った。凄みのある笑みだった。

「母さんが私を産んだのは十八のとき、父さんは二十四でしたね。いまの私とさほど変わらないじゃないですか」

「それはだな……」

「収入だって父さんより私のほうが上ですし、養育費も要りません。どうぞ新しい奥さんに遣ってあげてください。端金なんていらないです」

「ひろこ！　親に向かってそんな口の利き方は――」

「親？」

ヒステリックな母の叫び声を、姉さんは遮った。そのあまりの声の低さに、ゾクリとした。背筋が粟立つ。

「私、貴方たちを親とは認めてませんから」

姉さんは静かな動きで通帳を差し出した。銀行名と口座番号がそこには刻まれていた。

「二千万入っています。貴方たちが私にかけた額を上回っているでしょう」

母が息を呑む。

「こんな大金をどこから……」

「ずっと貯金していました。借金ではないので安心してください」

「どういうつもりだ」

「分かりませんか？」

父の問い掛けに、姉さんは口端を微かに吊り上げる。そこで俺は思い出したようにラーメンを一口食べた。麺はすっかり伸び切っている。汁をいっぱいに含んだそれを、とてもじゃないが食べる気にはなれなかった。

「借りはこれでなくなりましたよね。私にあれこれ指図するの、やめてもらえます？」

「ひろこ、貴方……」

「縁を切れとは言いません。ただ、もう私には関与しないでください。私は貴方たちを親と思ったことなど、一度もありませんから」

彼女はそう吐き捨てた。父の眉端がピクリと動く。母は言葉を失っているようで、顔を蒼くして黙り込んでいた。

俺は目の前のカップラーメンを覗き込む。伸び切った麺がすっかり膨れ上がっていた。多分、これはいまの自分たちだ。いろいろな感情を吸い込みすぎて、誰も手が付けられなくなっている。

「けいと」

姉さんは俺の名を呼んだ。

「どうするかは、貴方が決めなさい」

彼女はそれだけ言って立ち上がる。両親の顔を一切見ずに、そのまま部屋を出ていった。誰も動かなかった。父も母も顔を険しくしてこちらを見ていた。

「どうするの」

母が尋ねた。俺はカップラーメンを見つめる。どうすればいいのか。答えはもう、手の中にあった。

食べられなくなったラーメンは、捨てるしかない。それと同じだ。

「……芳郎がね、結婚するなら仕事辞めろって」

姉さんは俺の首筋に顔を埋め、小さく呟いた。息がかかってくすぐったい。

「意外だ。そういうこと言うタイプとは思わなかった」

「お母さんがいつも家にいなかったんだって。だから私にはいてほしいって」

「それで喧嘩したの？」

「だって、私仕事辞めたくないんだもん」

ぽつりとこぼされた声は、間違いなく彼女の本音だった。女という枠組みの中で生きるには、姉さんはあまりに優秀すぎる。家という窮屈な檻に閉じ込めるのは、どんな飼い主でも不可能だ。

「私、このままがいい。ずーっとこのまま、けいとと二人っきりでいたい」

二人っきり。世界がこの部屋だけだったら、どんなに楽だろう。ぬるま湯みたいなこの空間に、ずっと浸っていられたら。俺は静かに目を伏せる。

「閉じこもっちゃおうよ。ストライキしよう。私はもう働かないぞーって！　ずっとここにいるぞーって！」

「ご飯はどうするの」

「冷蔵庫から勝手に湧いてくるから大丈夫！　アレは魔法の冷蔵庫なのだー」

「俺は構わないけど、」

そこで言葉を切り、俺は姉さんから身体を離した。互いの手に触れながら、俺たちは真っ直ぐに見つめ合う。

「明日、会社休む？」

さっきまでの表情が嘘みたいに、姉さんは顔を歪めた。ぐしゃりと、いまにも泣き出しそうな顔をする。歯を食いしばったその隙間から、声が漏れた。

「……休まない」

唸るように、姉さんは言った。どんなことがあろうと、彼女は足を止めない。あの日から、ずっと。ボロボロに傷付きながらも急くように進む姉さんの姿を見ていると、俺はぐっと胸が詰まるのを感じる。あまりの痛々しさに、目を背けたくなる。だけど、そうはしない。それは許されない。姉さんと共に生きると決めたあの瞬間から、俺には彼女を見守る義務がある。

俺は目を細めて、その頭を撫でた。

「姉さんは偉いね」

「もっと褒めて」

そう言って頭を突き出してくる姉さんに、俺は思わず笑った。

「偉いよ、すごく偉い。俺には真似できない」

「真似しなくていい。けいとにはこんな生き方してほしくない」

「どうして？」

「どうしてだろう」

姉さんはゆっくりとソファーに身を倒した。左手が、その両目を覆い隠す。

「後悔はないの。ただ、宮澤ひろこを生きるのは、すごく疲れる」

不安になるの、そう姉さんは呟いた。

「いつかすり切れて、なんにもなくなっちゃう気がする。消えてなくなっちゃいそう」

「姉さんはなくなったりしないよ」

「だって、」

彼女はそこで唇を噛んだ。

「私には私がない。全部、枠に従って生きているだけ。父さんや母さんに馬鹿にされたくなかった。だから、完璧を目指した。いい大学に入ったのは、それが世間的にいいと思ったから。いまの会社に就職したのは、世間的にいい評価だったから。何をしたいとか、まったく考えてない。私はただ、優秀な人の枠に自分を嵌め込んでいるだけ」

「そうやって頑張れる人なんて滅多にいないよ。姉さんはすごい」

「本当に？」

「うん、本当に」

溜め息と一緒に、姉さんは笑みを吐き出した。

「私、けいとがいなきゃ生きていけないわ」

「俺だって姉さんがいなきゃ生きてけないよ」

「違う。多分、重みが違う」

彼女の手が伸びる。ほっそりとした指が、俺の輪郭をそっと辿(たど)った。その柔らかな感触は、涙が流れるときのそれとよく似ていた。

「けいとは自分のこと、なんの取り柄もない奴ってよく言うけど、そんなことないよ。自覚ないだろうけど、けいとの言葉に私はいつも救われてる」

「そんな大したこと言ってないよ」

「うん。けいとはそれでいい」

何故か満足げに笑って、姉さんは身体を丸めた。ゆっくりと、その瞼(まぶた)が下ろされる。長い睫毛が一瞬だけ震えたのが見えた。多分、姉さんは泣かない。そんなことを思った。

「おやすみ姉さん」

俺はそう言って、リビングから出ていった。

自室に戻り、俺はベッドへと飛び込んだ。スプリングが軋む。身体が重い。何故だかひどく疲れていた。熱を帯びた脳の奥へと、意識がゆっくりと溶けていく。

俺にとって父と母は他人だった。情も感じない、ただの同居人。彼等は俺に興味がなかった。別に暴力を振るわれたとか、そんなヘビーな過去があるわけじゃない。両親は俺に金をくれた。でも、ただそれだけ。俺は家の中にただ存在していただけだった。

姉さんはそんな二人に怒っていて、こんな家出ていってやる！　といつも言っていた。だけどそれを実行しなかったのは、俺がいたからだ。優秀な姉さんは、愚鈍な弟を守るために家に残った。俺が姉さんの人生を狂わせた。

記憶がふわふわと脳裏を漂う。夢か現か、その境界は曖昧になり、それが自分の思考なのか過去の記憶なのか分からなくなる。

机の、右から二番目の引き出し。そこに一枚の写真が入っている。そこには夫婦と姉弟が写っていた。男女がどんな表情をしていたのか、いまの俺には分からない。彼等の顔は、ボールペンで真っ黒に塗り潰されていた。俺が消した。思い出したくなかった。だから消した。


「宮澤ってよく分かんない奴だよね」

消しゴムで必死にスケッチブックを擦（こす）っていると、唐突に田村が言った。放課後の教室に人影はなく、残っているのは二人だけだった。窓から差し込む光が赤い。橙色（だいだいいろ）に染まった彼女は、こちらを向いてニッと笑った。まだ部活に入る前の、懐かしい記憶だ。

「何が」

「なんつーか、面白い」

「はあ？」

わけが分からない。思考が表情に出ていたのか、彼女は少し唇を尖らせた。

「変な感じなんだよね、なんか。寂しそうって言うか、悲しそうって言うか」

「なんじゃそりゃ」

溜め息をついた俺の前に、田村が身を乗り出してくる。椅子を不安定な角度に傾け、彼女は尋ねた。

「ねえねえ！　アンタの好きなタイプってどんな奴？」

「なんでいきなり」

「だって想像つかないんだもん」

「ねえよ、タイプとか」

「えー、嘘ー」

田村は肩を竦めた。

「アタシはね、沖君がタイプ」

「それはタイプって言わないだろ。ただ好きなだけだろ」

「まあそうなんだけどね。でも、アタシの理想を煮詰めて形にしたら、多分沖君になるよ」

「そんなに好きか」

「うん、好き」

彼女は頬を赤らめ、それをごまかすようにまたニッと笑った。その隙間から、チロリと白い歯が覗く。

「バスケがね、上手(うま)いの。沖君は」

「知ってる。お前から何度も聞いた」

「アタシもね、最初は好きじゃなかったのよ。なんかイケメンってムカつくじゃん、女舐(な)めてますって感じしてさ」

「そうか?」

「そうだよ！　俺が声かけたらどんな女でも落ちるぜ、とか思ってんじゃんアイツら」

「すげぇ偏見だな」

思わず苦笑する。消しゴムを動かしていた手を止め、俺は田村を見た。

「まあでも、イケメンがムカつくってのは分かるけど」

「でしょ？　そうでしょ？　だからさ、アタシも最初沖君を警戒してたわけ。このイケメンめ！　って。まあでもそうしてるうちに沖君には彼女ができて、しかもその子にすごい一途って噂聞いて、それでアタシの警戒も解けたわけよ」

「どんな彼女だったんだ？」

その問い掛けに、田村は少し顔をしかめた。椅子がギイと苦しげに呻く。

「すっごく可愛い子。優しくて、学校でも一、二を争う美人。お似合いカップルすぎて、誰も文句言わなかったよ」

「へえ、やっぱりイケメンには可愛い彼女ができるんだな」

「アンタには一生無理ね」

「うるせぇ」

目を伏せ、彼女はくすくすと笑った。それがなんだか自嘲染みたものに思えて、俺は僅かに眉間に皺を寄せた。なんとなく、田村にそういう顔は似合わないと思った。

「さっきも言ったけど、沖君はバスケが上手かった。多分背が高かったのも大きい。アレって身体が重要じゃん、だから大柄な沖君にとってはかなり有利なスポーツだったんだよね。沖君、中一の時点で一七〇超えてたし」

「マジか」

　自分の背の低さを思い出し、かなりへこんだ。どうせ俺はちびさ、と一人いじける。

「でね、アタシ女バスだったんだけど、体育館に忘れ物したのよ。それで結構遅い時間に荷物取りに行ったら、まだ体育館の明かりがついてるわけ。誰だろって思って見たら、沖君が自主練してたのよ」

「お前バスケ部だったの？　見た目そのままだな」

「そこはどうでもいいのよ。アタシいま沖君の話してんでしょうが。でね、まあ沖君が練習してたわけ。それがさ、なんて言うか……すごい楽しそうでさ。ああ、この人本気でバスケ好きなんだって伝わってきて。それでもう、なんか好きになっちゃったんだよね」

「……それだけで？」

　拍子抜けして、俺は目を瞬かせた。それだけって何よ！　と田村が不服げに机を叩く。

「いや、てっきり俺は一緒に帰ったとかそういうエピソードかと……」

「アンタね、彼女がいんのにほかの女と帰るような奴を、アタシが好きになるわけないでしょ！」

「じゃあチャンスねえじゃん。沖にはもう彼女がいんだろ？」

俺の問い掛けに、田村は首を横に振った。さっきまでの騒々しさが嘘のように、彼女は静かに答えた。

「いまはいない。別れちゃったの、あの二人」

「なんで」

「さあね、それは分かんないけど」

「じゃあお前にもまだ可能性はあるわけだ」

「まあね」

田村は頬杖をつき、窓の外へと視線を向けた。その表情がやたらと大人びていて、ドキリとした。彼女の輪郭を、夕日がなぞる。綺麗だと思った。一瞬の風景が、脳裏に焼き付く。

「アタシ、本気で好きなの」

その言葉があまりに真っ直ぐだったから、俺は思わず目を逸らした。眩しかった。心臓がむずむずと身をよじらせ、ついには踊り出す。自身の鼓動が速まるのを感じて、俺は自嘲した。馬鹿だろ。そう思った。

あの瞬間、俺は田村に恋をした。

ピピピピピピピピピピ――。

無機質に鳴り響いた音に、俺の意識は上昇した。すっかり眠ってしまっていた。欠伸をしながら、俺はケータイに手を伸ばす。着信音1。面白みのまったくない音の羅列は、未だに途切れることなく続いている。ボタンを押し、無理矢理それを遮った。今日は寝てばっかりだ。疲れているのかもしれない。そんなことを考える。

画面を見ると、二通メールが届いていた。一通目は泰斗からだった。『今日は先帰らせてゴメンな』だってさ。可愛い絵文字付き。こんな文面を見ると、お前は女子かと言ってやりたくなる。

彼はとてもまめな性格で、些細なことでいちいちメールしてくる。だいたい俺はそれを無視するのだけれど、気が乗ったらたまに返信する。すると猛烈にテンションの高いメールが彼から返ってくるので、いつも後悔する。彼は多分、俺を野良犬か何かだと思っているのだ。早く自分に懐かないかなと、手ぐすねを引いて待っている。泰斗のそういうところが、俺はあまり好きではなかった。

彼からのメールを当然のように放置し、俺は二通目のメールに目を通す。なんとみどり先生からだった。部活の連絡だろうか。

先生のメールはいつも長文で、その大半は季節の挨拶と近況報告で埋め尽くされる。手紙じゃないんだから、と見るたびに思うが、彼女に厳しい言葉をかけるのは憚られるので、俺は黙ってそれを受け入れる。

メールの内容を要約すると、夏休みに向けて部員全員で何かに取り組んでほしい、というものだった。

三人で集まるのだけは嫌だ。多分これは俺たちの共通の本音だった。けれど、それを口に出して言う奴は一人もいなかった。言ったらおしまい。そう、分かっていた。

俺は目を伏せ、溜め息をつく。

「……合同制作、か」

息を吐いてみる。五秒間、ずっと。肺が空っぽになって、吐き出すものが何一つなくなる。すると胸の辺りが重くなって、何かをせき止めているのが分かる。最後の最後に、アタシの中に残ったもの。それが微かにぐらつく。だから、五秒間。これを吐き出してしまったら多分、アタシはアタシを好きでいられない。汚いものを見ない振りして、アタシは今日も息を吐く。

02

絵を描くのが好きだ。何度も何度も筆を動かしていると、嫌なことをすべて忘れられる。だから好き。こういう地味な作業が、自分には一番合っている。

周りからは活発な性格だと思われているけれど、本当のアタシはとても内気だ。一人でいるのが好きで、けれど独りでいるのに堪えられない。化粧という仮面をつけて、田村夏美という役を演じて、どうにか居場所を見つけている。友人たちと笑い合っているとき、たまに覚える強烈な違和感。ああ、噛み合ってないなと思う。しかしそれを口にはしない。みんな分かっている、自分たちが繋(つな)がっていないことぐらい。だけど、それでいいのだ。いろんなことを見ない振りすれば、独りにならずに済むのだから。

「……こんなもんね」

キャンバスを見て、アタシは頷く。描いたのは水田の風景画だった。夏空の下、陽射しに反射して水面が煌(きら)めいている。波紋が揺らめき、その上で青々とした稲たちが光を取り込もうと両手をいっぱいに広げていた。美しいと思ったから、あの夏の日の瞬間を切り取った。見せたいな、と思う。沖君にこの絵を。好きな人と好きなものを共有したい、そう思うのは当然だろう。

「……あ、」

不意に視界に入ったのは、棚の上に無造作に置かれているスケッチブックだった。宮澤けいと。わざわざフルネームで名前が刻まれている。好奇心が疼(うず)き、ついページをめくってしまった。悪いのは向こうよね、こんなところに置いていくんだもん。誰も聞いていないのに、内心で言い訳する。

一枚目、真ん中に大きな目玉が描かれていた。それが真っ直ぐにこちらを見ている。うっかり目が合って、慌ててページをめくる。二枚目は……多分林檎(りんご)の絵だった。抽象的すぎて、アタシにはよく理解できないけれど。ただその色彩は鮮やかだった。めくる、めくる。そこに描かれていたのは、すべて抽象画だった。一体何を思って彼がそれを描いたのか、アタシには分からない。分かることはたった一つ。それらの絵がすべてとても美しいということ。それだけだった。

「……ムカつく」

彼は天才だった。多分、みどりちゃんだって分かっている。こんなにも美しい世界を作れる人間を、アタシはほかに知らない。だから腹が立つ。みどりちゃんはアタシに言う。上手だね、と。そして宮澤に告げる。とても上手だね、と。真綿に包まれた称賛の言葉。そこに潜む小さなガラスの破片が、アタシの心臓を容赦なく引っ掻く。

分かっている。才能の差なんて、アタシが一番分かっている。だから気遣わないでほしい。別に画家になりたいわけじゃない。本気で取り組んでいるわけでもない。自分が一番分かっているから。だから、同情しないでほしい。そうじゃないと、自分が、自分は……とても惨めだ。

溜め息をつき、アタシはスケッチブックを閉じた。何事もなかったように元の場所へ戻し、キャンバスの前に座る。視線を窓の外へ向けると、野球部員がまだ活動しているのが見えた。白いボールが空へと吸い込まれる。そう言えば里沙子は野球部のマネージャーだった。そんなことをふと思い出した。

唐突に扉が開く音がして、アタシはすぐさま振り返った。沖君かもしれない！　胸をよぎった期待は、しかしすぐさましなしなと萎む。そこに立っていたのは、宮澤だった。

「なんだ、アンタか」

　思わず本音が漏れた。

「泰斗じゃなくて悪かったな」

　宮澤は唇を吊り上げ、少し困ったように笑う。大人な対応だ。彼の表情を見て、アタシは唇を噛む。ああ、またやってしまった。不用意に彼を傷付けた。いつもいつも後悔する。なのに、アタシの口は止まってくれない。気持ちが先走り、醜い感情をつい彼に投げ付けてしまう。

「沖君は？」

「アイツは今日は来ねえよ。先帰った」

「あ、そ」

　向かい合っていたくなくて、アタシはそそくさと視線を逸らす。宮澤といると、無意識のうちにひどいことを言ってしまいそうになる。彼は悪くないと分かっているのに、欲求に堪え切れなくなる。なじりたい。絶望させたい。涙に濡れた目で、こちらを見てほしい。縋（すが）り付いてくる手を払ってやりたい。口に出すのも憚られる妄想が、アタシの脳にねっとりと絡み付く。最低な女だ、アタシ。

「何描いてんの？」

宮澤が尋ねてくる。その声は柔らかで、そして少しだけ甘い。自惚れでもなんでもなく、彼はアタシのことが好きなのだ。

「アンタには関係ない」

「ふうん、綺麗な絵だな。これどこ？」

「何勝手に見てんのよ」

アタシはとっさに絵を隠す。彼にだけは自分の絵を見せたくなかった。恥ずかしい、この程度のレベルの絵を彼に見せるなんて。

「分かった。それ西町の馬鹿でかい駐車場の近くだろ。田んぼばっかりあるとこ」

「なんで分かんのよ！」

「いや、そりゃ分かるだろ。通ったことあるし」

「相変わらずキモい記憶力してんね」

アタシは顔をしかめる。これ以上、才能の差を見せつけないでほしかった。

「アンタいつまでここにいるわけ。さっさと帰りなよ」

「そんなに急かすなよ」

「アンタと同じ空気を吸いたくないの。一秒でも早くアタシの前から姿を消して」

「お前ホント俺のこと嫌いだな」

宮澤はそう言って、苦々しい笑みを浮かべた。その瞳が僅かに揺らぐ。あ、泣きそう。そう気づいた瞬間、喉がぎゅっと締め付けられた。泣け。泣いてしまえ。心の中で強く念じる。しかし彼は泣かなかった。なんて涙腺の強い男だ。アタシは落胆した。心の底からがっかりした。

「いまさら何言ってんのよ。ほら、早く帰れって」

努めて平静を装いながら、アタシは空で手を払う。

「分かったよ」

宮澤は棚に置いてあったスケッチブックを、そのままバッグに突っ込んだ。見たとばれないだろうか。内心ドキリとしたが、彼はいつもと変わらない様子でこちらに手を振った。どうやら気づいていないらしい。

「じゃあな、田村」

宮澤は言った。アタシは無視する。背後で扉の閉まる音がした。彼の気配が完全に消えたのを確認し、アタシはそっと息を吐く。

彼はなんて愚かな男だろう。一人になった美術室で、しみじみと思う。こんな女を好きになるなんて、見る目がないにもほどがある。

席から立ち上がり、アタシは窓枠へともたれかかる。そろそろ帰る時間だ。グラウンドに散る野球部員たちも、すでに清掃を始めていた。と、校舎から出てくる見覚えのある後ろ姿。宮澤だった。彼は意外に足が速い。

その背中に、突然長身の男が抱き付く。沖君だ！　思わずアタシは身を乗り出した。顔が見られないだろうか。そう思ったが、三階からではさすがに無理だった。

彼等はじゃれ合いながら先へと進んでいく。その間に距離はない。いいな、と思う。羨ましい。アタシも宮澤に生まれたかった、と馬鹿なことを考えた。すぐに自嘲し、二人の背中から目を離す。自分も片付けを始めなければ。

パレットとバケツを持ち、流し台へ立つ。蛇口を捻ると、水流が色を削ぎ落としていった。しばらくは筆から色が滲み出ていたけれど、それもすぐになくなる。赤やら青やらが水に紛れて排水溝へと滑り込んでいった。

アタシは指の腹でパレットを擦る。ほかの色がストンと流れた中で、黒色だけが残っていた。こびりついたそれは、なかなか落ちてくれない。ガシガシと指を動かしているとなんだか泣けてきて、アタシは目元を拭った。何故涙が出たのかは分からない。ただ、虚（むな）しいと思った。

「……何してるんだろ、アタシ」

呟いた言葉は、無人の廊下によく響いた。前にもこんなことがあった。自身の声が、忌まわ忌ましい過去を掘り起こす。

「夏美、いますぐ会いたい」

ケータイから漏れた里沙子の声は、明らかに涙に濡れていた。アタシはすっかり驚いてしまって、あわあわと口を開いたり閉じたりを繰り返した。彼女は強い女だった。簡単に泣かないし、簡単になびかない。そんな彼女が！　そんな強い彼女が泣きながら助けを求めている！　アタシが狼狽(ろうばい)している間にも、里沙子の嗚咽(おえつ)が聞こえてくる。時刻は二十一時。いつ不審者が徘徊(はいかい)してもおかしくない時間帯だ。

「里沙子、いまアンタどこいんの」

「……駅前の、公園」

「一人？」

「うん、」

「彼氏は何やってんのよ、アンタを一人にするなんて」

ジャケットを羽織り、アタシは家を飛び出す。卒業式が数週間後に迫ったいま、お世辞にも気温が高いとは言えなかった。吐く息はいまだに白い。春の訪れは、まだ遠かった。

「彼氏じゃ、ない」

通話口から声が漏れる。

「え？」

「別れたの、」

いまにも消え入りそうな声で、彼女は繰り返す。その掠れた声が、アタシの鼓膜を激しくぶった。

「別れたの、泰斗と」

そのときのアタシの感情を言葉で上手く表現するのは難しい。アタシは沖君が好きで、だけど里沙子と彼が二人で並んでいるのを見るのも好きだった。沖君の隣に立ちたいと願いながら、はにかんでいる里沙子を見て幸福を感じた。アタシは大好きだったのだ。彼も、彼女も。

「里沙子！」

公園に入ると、ブランコに腰かけている彼女の姿が視界に入った。里沙子はゆっくりと顔を上げると、乱暴な動きで目元を擦った。アタシは通話を切り、彼女の元へと駆け寄る。

「夏美……私、」

「とにかく落ち着いて。ほら、ベンチに座ろうよ」

「うん」

相手をなだめながらも、頭の中はぐるぐると空回りを続けていた。どうしていいか分からない。混乱を隠すように、アタシは里沙子の腕を引く。それがあまりに細いものだから、うっかり折れてしまうのではないかと思った。

彼女を座らせ、アタシは口を開く。

「何があったの」

その問いに、里沙子は目を伏せた。長い睫毛が微かに震える。

「……泰斗、私のこと好きじゃないって」

「え？」

「好きと思ったこと、一度もなかったんだって！」

そう里沙子は吐き捨てた。アタシは言葉を失って、ただ唾を呑み込んだ。何を言っていいのか、見当もつかなかった。彼女は眉をぎゅっと寄せ、アタシの手首を掴んだ。縋るように、そこに力が込められる。

「私ね、泰斗に聞いたの。好きって一度も言ってくれたことないけど、本当に私のこと好きなのって。そしたら、俺は人を好きになれないって。里沙子は俺にとって特別だから、だから嘘はつけないって」

わけが分からなかった。だって二人は相思相愛で、誰が見てもお似合いのカップルで、だから、みんな諦めた。沖君を好きな女子も、里沙子を好きな男子も、みんな。

なのに、

「二年だよっ？」

彼女は声を絞り出す。

「二年も付き合ったのに。私は泰斗のこと好きだったのに、泰斗の子供なら産んでもいいと思ってたのに。私が一方的にはしゃいでただけだった。向こうは私のこと好きでもなんでもなかったのに！」

「子供って、」

思わず声を上げたアタシに、里沙子はふるふると首を横に振った。

「大丈夫、いつもゴムはつけてた。妊娠はしてない」

彼女の答えはアタシの質問を飛び越えていた。つまり、二人はヤッていたのだ。

二年も付き合っていたのだから、そんなの当たり前だ。もう中学生なんだから、珍しい話じゃない。そうどこかで分かっていた。なのに、脳が受け付けない。アタシにとって里沙子は無垢なお姫様で、沖君は彼女を守る騎士だった。そんな生々しい関係は許せない。嫌だ。気持ち悪い。肌が一瞬で粟立つ。目の前の女が、遠い存在に思えた。

「付き合ってたらいつか好きになるんじゃないかって思ってたって。でも、やっぱり無理だったって。泰斗、泣きながら私に謝ってた。ゴメンなって。そんなの言われたら私、何も言えなくて……！　だから、」

彼女は顔を歪め、そこで言葉を詰まらせた。大きな丸い瞳から、無色の感情が一粒こぼれた。

「私、どうしたらいいか分からないの」

彼女の漏らした言葉は、アタシの心情をそのままに表していた。どうしていいか分からず、アタシはただ里沙子の小さな身体を抱き締めた。彼女はアタシの胸にしがみつくと、わんわん泣いた。それほど、彼のことが好きだったのだ。そう思うと、何故だか喉の奥がヒリヒリした。


次の日、アタシは学校から少し離れた場所にあるファミレスへと、沖君を呼び出した。彼はこちらを見るなり、明らかにばつの悪そうな顔をした。周りからの熱い視線を一身に浴びながら、彼はアタシの前の席へと腰かける。なんだ、彼女いたんだー。どこからか落胆した声が聞こえた。

「……怒ってる？」

開口一番、彼はそう尋ねた。アタシはぐっと息を呑む。自分でも、自分がどんな感情を持っているのか分からなかった。

「まずは何か頼もうよ。ごはん食べた？」

問いには答えず、アタシは彼にメニューを見せる。沖君も特に追及はせず、その長い指で写真を指差した。

「んじゃあこの和風ハンバーグセットでいいよ。ドリンクバーついてるし。田村は？」

「アタシはチーズケーキとドリンクバーでいい」

「じゃ、注文するよ？」

る。

　彼はボタンを押すと、ウェイトレスを呼び出した。そのままスラスラと注文を告げる。御注文を繰り返させて頂きます。彼女は恥ずかしそうに目を伏せながら、先程と同じ言葉を繰り返した。沖君を意識しているのがバレバレだ。当店ではドリンクバーはセルフサービスとなっております。彼女は慎ましげにそう告げた。なんだか面白くなくて、アタシは頬杖をつく。

　ウェイトレスがいなくなると、沖君は立ち上がった。

「飲み物はオレが取ってくるよ。何がいい？」

「ウーロン茶」

「らじゃー」

　彼は逃げるようにテーブルを離れた。多分彼なりに罪悪感を覚えているのだと思う。だから、アタシから目を逸らす。

「はい、ウーロン――」

「なんで里沙子と別れたの」

　差し出してきたグラスを受け取りながら、アタシは尋ねた。面倒だったので、回りくどい言い方はしなかった。彼は一瞬だけ動きを止め、だけどすぐにまた笑って席へと着いた。その手にあるのはカルピスソーダ。泰斗ったらね、カルピスが好きなんだって。子供みたいでしょ。いつの日か、里沙子がそんなことを言っていた。

「本人から話聞かなかった?」

「聞いた。けど、沖君から聞きたくて」

「さすが里沙子のボディーガード。怒らせると怖いね」

ニッと沖君は口端を吊り上げた。ボディーガードというのは、アタシのあだ名みたいなものだ。里沙子と一緒にいたら、いつのまにかそう呼ばれるようになっていた。

「好きじゃなかったって、どういうこと」

「そのままの意味だけど」

「そのままって?」

「だから、そのまま」

彼は赤色のストローをくわえる。白に紛れた氷が、カランと音を立てた。

「オレ、人を好きになったことないんだ」

「恋愛感情的な意味で?」

「いや、多分そうじゃない。なんだろう……好きって意味が、分からないんだよね」

「はあ?」

思わず声が低くなった。言っている意味が分からない。そんなアタシの内心を読み取ったのか、彼は困惑したように頭を掻く。

「上手く説明できないんだよ。そりゃもちろん区別はある。一緒にいて楽しい人と、嫌な人。だけどそれが好き嫌いとかいう感情に結び付かないんだよね」

「好きでもないのに里沙子と付き合ってたの」

「付き合ってたら好きになるかと思ったんだよ。最初、里沙子もそれでいいって言ってたし。でもまあアイツは特別だよ、やっぱり。一緒にいてすげえ楽しかったから。本当に悪いことしたと思ってる」

「特別って……それを好きって言うんじゃないの」

「でも別に、ムラッとすることはあってもドキッてすることはなかったから」

「随分と明け透けな言い方ね」

「田村に言い繕っても仕方ないじゃん。お前おっかないしさー。なんつーか、全部見破られてそうって感じ」

　沖君は目を細める。赤色のストローにはくっきりと噛んだ跡が残っていた。

「アンタいっつもはっせーと一緒にいるじゃん。アイツのことも好きじゃないわけ？　親友なんじゃないの」

「別に。アイツが寄ってくるから構ってやってるだけ」

「その言い方サイテー」

「褒め言葉として受け取っておくよ」

彼はクツリと喉を鳴らした。多分、沖君は常に選ぶ側だったのだ。彼の周りにはたくさんの人間が群がっていて、だから手を伸ばす必要がなかった。使っては捨て。使っては捨て。彼はそうやって生きてきたのだろう。

「好きになったこと、本当に一度もないの？」

「うん。だから好きって感情がよく分からない」

「バスケは、」

「え？」

「バスケも好きじゃない？」

その一瞬、彼の仮面にひびが入った。常に弧を描いていたその瞳が、大きく見開かれる。

「オレは、」

「お待たせ致しましたー。和風ハンバーグランチとベイクドチーズケーキでーす」

突然目の前に差し出された料理に、アタシは思わずそちらを見やった。先程とは別の、明らかにやる気のないウェイトレスが、投げやりに伝票をテーブルの上へと置く。

「御注文の品は以上でお揃いでしょーかー」

「あ、はい」

「ほかに御注文がある場合はそちらのボタンをご利用くださーい」

彼女は気怠(けだる)そうに言い放つと、そのままスタスタと去っていった。アタシはすっかり拍子抜けして、目の前の彼へと視線を送る。

「……食べよっか」

「そうだな、お腹空いたし」

沖君は苦笑し、ナイフとフォークを手にする。あ、またあの顔だ。いつもの顔。壊れかけた仮面は何事もなかったかのように元どおりになっていた。なんだかとても不愉快だ。もやもやとした感情を胃の中へ押し戻そうと、アタシは水を飲み干した。

「で、どうなの？」

「何が？」

「さっきの質問よ」

「あぁ、バスケねバスケ」

ハンバーグを頬張りながら、彼は笑った。

「好きだよ。じゃないとあんなキツイ練習やってけないって」

嘘だ。そう直感的にアタシは悟った。彼は嘘をついている。

「……バスケ、好きじゃないの」

動揺して、声が揺れた。フォークが皿を擦り、耳障りな音を立てる。

沖君はバスケが好きだ。それはアタシの中であまりに当たり前の事実で、それが揺らぐ瞬間が来るとは想像もしていなかった。脳が沸騰する。裏切られた。そう思った。多分、アタシは怒っていた。理想どおりじゃない彼に。

「好きって言ってるじゃん」

沖君はそう言ってまたハンバーグを口に含んだ。

「嘘」

「なんでそう思うの」

「嘘ついてる顔してる」

根拠なく断言したアタシに、彼は肩を竦める。添えられていたポテトを指で摘み上げると、無意味にそれを揺らした。

「うわあ、やっぱり田村には嘘つけないね」

「どうして嘘つくのよ」

「え？　いや、オレも別に嘘ついてるわけじゃないっつーかさ」

「どういうこと」

「そう言われても……」

沖君は大袈裟に顔をしかめると、腕を組んで悩むポーズを取った。

「田村はさ、里沙子のこと好き？」

「えっ、何いきなり」

「いいから答えてよ。里沙子のこと、好きなの？」

「好きに決まってんでしょ」

「バスケは？」

「好き」

「へえ……」

その声は何か意味ありげで、アタシはこめかみがひくひくと疼くのを感じた。感情を隠すのが難しいくらいに、アタシは苛立っていた。

「で、本当は？」

「ハ？」

「本当はどうなの？」

「言ってる意味が分かんない」

「嘘」

「なんでそう思うのよ」

「嘘ついてる顔してる」

さっきとまったく同じ会話が繰り返される。ただし、立場は逆転しているが。

沖君は一気にジュースを飲み干した。白い液体の中から、透明な氷が現れる。それらはまったく溶けることなく、グラスを冷やし続けていた。

「多分さ、オレのバスケに対する気持ちって、お前と一緒」

「アタシは――」

「嫌いだろ？　バスケも、里沙子も」

「何馬鹿なこと言ってんの」

「分かるって、それくらい」

　彼の唇が弧に歪む。その瞳が真っ直ぐに向けられた。黒々とした闇が、こちらを覗き込んでいる。ああ、そういうことだったのか。その瞬間、アタシは唐突に理解した。彼は孤独だ。恐ろしいほどの闇を、笑顔の下に隠し持っている。彼は傷付いていた。好きを知らない少年は、自身の闇に食い尽くされそうになっていた。

　怒りがスッと引いていくのが分かった。胸にどっと押し寄せてきた感情は、多分、憐（あわ）れみだった。可哀相。なんとかしてあげたい。助けたい。アタシが、助けてあげたい。そう、強く望んだ。

「もういい」

　アタシは首を横に振った。何が、と彼がわざとらしく尋ねる。

「もうこの話はなしにしよ」

「田村が言うなら」

沖君は満足げだった。上手く言いくるめられたとでも思っているのだろう。

アタシはチーズケーキを口に含む。べったりとした甘さがいやに舌に張り付いた。

「そう言やさ、お前も東高だったよな。進学先」

「そうだけど、いきなり何」

「オレも東高なんだよね。だからさ、」

これからもよろしく。図々しくそう言って、彼は笑った。その笑顔を見て、アタシは心臓がぎゅっと締め付けられるのを感じた。好きだ。とても愚かなことに、自分は沖君が好きなのだ。胸から溢れそうになった言葉を、アタシは水と一緒に呑み込んだ。

「……こちらこそ、よろしく」


学校を出たときには、すでにぽつぽつと雨が降り出していた。慌てて鞄から折り畳み傘を取り出す。白地に青の水玉模様が入っている、アタシのお気に入りの傘。雑貨屋で七百八十円だったから、思わず衝動買いしてしまったものだ。

雨粒が傘に跳ね返り、ボツンと音を立てる。雨の日は割と好きだ。降り注ぐ水の塊が、アタシの姿を隠してくれる。そんな気がするから。

辺りはすっかり暗くなっていた。通学路にほかの生徒の気配はない。帰宅するには少し遅い時間だ。アタシは欠伸を噛み殺し、歩を進める。

校門からしばらく進むと、駅へ続く道へと合流する。比較的新しい住宅が建ち並ぶこの道を、アタシは結構気に入っていた。パステルカラーで塗装された家々を見ていると、なんだかおもちゃの世界に入り込んだような気になる。ローファーで水溜まりを踏み付ける。ばしゃん。陽気な音。

そのまましばらく歩いていると、道路の端っこで立ち尽くしている少女の後ろ姿を見つけた。白地にピンクの水玉模様の傘。あれってアタシと色違いじゃん。そう思うと何故だか少し気恥ずかしくなって、アタシは俯くようにして先へと進む。

「あっ、夏美」

聞き覚えのありすぎる声に、アタシは思わず振り返る。あの傘をさしていたのは里沙子だった。記憶どおりの容姿をした少女が、こちらに手を振っていた。

「久しぶりだね」

「何してんの？　こんなところで」

「さっきまで泰斗と話してたの」

「へえ、そうなんだ」

自分の声が微かに上擦るのを感じた。一カ月ぶりにあった元親友は、愉快げに目を細める。

「泰斗、美術部なんだって。夏美も確か美術部入ったんだよね？　同じ部活？」

「あ……うん」

「へえ。言ってくれればよかったのに」

　その言葉に、アタシはぎこちなく笑った。嫌だな、と思う。どういうわけか、里沙子の隣に立つと強烈な劣等感に苛まれる。自分が惨めなものに思えて、息苦しくなる。アタシは里沙子が大好きなのに。それと同じくらい、多分、彼女が嫌い。

「泰斗の隣にいた宮澤君って子、どういう子なの？」

「なんと言うか……すごい地味な奴。人見知り激しくて、知り合い以外はあんまりしゃべれないっぽい」

「夏美はあの子と仲いいの？」

「あんまりよくないよ。美術部は部員三人しかいないけど、あの二人がいっつも一緒にいるから、アタシは結構一人なことが多いかな」

「あの二人仲いいんだ」

「うん。やっぱり同性同士のほうが気が楽なのかも」

「それは違うよ」

　里沙子は否定した。アタシが目をつぶっていたこと、見ない振りをしていたことを、彼女は剥き出しにしてこちらへと突き付けてくる。

「泰斗は性別とか気にしないタイプだし。男とか女とか関係なしに、一緒にいて楽しい子の隣にいるんじゃない？」

「あ……うん」

「泰斗は宮澤君のことすごい好きなんだよ」

そんなことも分かんないの？　そう言われた気がした。里沙子のほうが沖君を理解している。当たり前の事実が、アタシの胸を穿つ。

「……里沙子はいま何部なんだったっけ」

話を逸らそうと、アタシは別の話題を振る。バスケだよ、と彼女は答えた。

「男バスのマネージャーしてる」

「あ、そうなんだ。そう言えばそんなこと言ってたね」

「うん、こっちはすごい楽しいよ。夏美はどう？」

「アタシは――」

そう口を開いた刹那、大音量で音楽が流れた。いま一番人気のアイドルグループの、聞き馴染みのあるメロディー。

「あ、ごめん。メールだ」

里沙子は慌てたようにケータイを取り出した。画面を一瞥し、再び鞄へと仕舞う。

「誰から？」

「彼氏から。今度の日曜空いてるか、だって」

「えっ。彼氏できたの？」

「言ってなかったっけ？」

里沙子が首を傾げる。聞いてない。そんな大切なこと、全然聞いてない。

「バスケ部の先輩なの。泰斗ほどかっこよくないけど、すごく優しい人だよ」

「そうなんだ」

「うん」

そこで里沙子ははにかんだ笑みを見せた。

「正直言ってね、さっき泰斗と会ったとき、すごいショックだったんだ」

「ショックって、何が？」

「私じゃない子が泰斗の隣にいることが」

あっさりと――。あまりにもあっさりと、彼女は認めた。アタシが頑として拒んでいた事実を、里沙子はいとも容易く受け入れる。

「でも、なんか泰斗変わったし。なんと言うか……一皮剥けたって感じ？　だからまあ、お互い前に進んだのかなって思って」

彼女はその可憐（かれん）な唇で、残酷な言葉を紡ぎ出す。棘（とげ）だらけの甘い声が、アタシの鼓膜をじんと揺すった。

「私と泰斗は傷を舐め合うことしかできなかったから」

過去だった。里沙子にとって、すでに沖君は過去だった。

二人が別れてもう半年が経つ。それが自然なことなのかもしれない。互いの存在は薄れていき、彼等は他人へと変わるのかもしれない。二人にしがみついているのは――過去にしがみついているのは、アタシだけか。

ぐんと、首を引かれる感覚。アタシは背中から倒れ込み、底の見えない闇の中へと落ちていく。下へ、下へ。そんな妄想が視界をよぎる。

「夏美は彼氏作らないの？」

里沙子がこちらの顔を覗き込んでくる。無邪気な声だった。他意はない、ただの質問。

「欲しくても相手がいないから」

冗談を繕い、アタシは笑った。

「多分すぐにできるよ、夏美なら」

「だといいんだけどね」

「もしできたらメールしてね。画像つきで！」

うん、絶対送るよ。素直に返事して、アタシは頷いた。多分、送らないんだろうけれど。そんなことを考えながら。

「ただいまー」

扉を開き、アタシはばたばたと家の中へと駆け込む。駅から少し離れた場所に、アタシの住むマンションはあった。おかえりなさい。キッチンのほうから声がする。

「母さん、今日の晩御飯は？」

「シチューのつもりだけど」

「えっ、夏なのに？」

「いつ食べたってシチューは美味しいわよ」

「まあ確かにそうかもしんないけどさあ」

くだらない話をしながら、アタシはソファーへと横になった。ゆっくりと、身体が沈み込んでいく。瞼を下ろすと、眩しい闇が目に刺さる。

「今日、里沙子に会った」

「あら里沙子ちゃん？　懐かしいわね」

「彼氏ができたんだって」

「里沙子ちゃん可愛いもんねー」

「なんかさ、アタシすごいショックだったの」

「里沙子ちゃんが沖君以外と付き合ってたから？」

母さんの言葉に、アタシは思わず身を起こした。どことなく楽しげな彼女の背中に、アタシは声をかける。

「なんで分かったの？」

「ふふ、なんでかしらねー。でも母さんも気持ちは分かるわー。あの二人お似合いだったもんね」

「そうなんだよねー」

「沖君に新しい彼女はできないの？」

「彼女はいないみたい」

「あらそうなのー。いきなりバスケもやめちゃって……何があったのかしらねー」

のほほんとした母さんの声は、聞いていて心地好(よ)かった。背もたれに顎をのせ、アタシは目を伏せる。

「ほんとにねー」


「アンタさ、超絵うまいね。何部に入る予定？」

入学当初、アタシが宮澤に声をかけたのは、もちろん美術部の勧誘のためだった。いままで話したことはなかった。ただ彼が随分と熱心にノートに絵を描き付けていたから、そういうのに興味があるのかなって、そう思っただけ。

それに彼の容姿はなんと言うか、男らしいというよりはどこか中性的な感じがしたから。しゃべりかけても害がないような気がした。

「……別に、部活とか入るつもりねえけど」

宮澤は唸るように返事した。他人と関わりたくない。そんな顔をしていた。その表情があまりに不機嫌そうだったから、不覚にもアタシは笑ってしまった。

「ダメだよ。うちは強制でどっかには入部させられるからね」

「マジか」

有名な話なのに、彼は随分と驚いた顔をしていた。教えてくれる友達がいなかったのだろうか。カワイソーな奴。

「マジマジ。だから楽そうな部活に入んの勧めるよ。美術部とかさ」

「美術部？　そんなんあったか？」

「廃部寸前の部活だよ。いまんとこ部員ゼロ。ちなみに顧問はみどりちゃん」

「みどり先生ならいろいろ楽そうだな」

「でしょー？　どう？　入らない？」

「入るって何が」

この期に及んでも、彼はまだピンと来ていないようだった。鈍い奴だな、と少し呆れる。

「美術部よ！　びーじゅーつーぶ！」

「……え、なんで俺？」

「何が」

「いや、誘うなら女とかのほうがいいんじゃないかと思って」

彼の言葉を、アタシは鼻で笑った。美術部に入ってくれそうな女子がいたら、とっくに誘っているに決まっている。

「うちみたいな運動部が超強い学校で、いまにも潰れそうな美術部に入りたい女子なんているわけないじゃん！　そんな部活じゃ素敵な彼と出会えないでしょうが！」

「そうか？」

「そうよ。現に十人中十人に断られたんだから」

「そりゃあまあ……そうだろうな」

何故か宮澤は深く納得したようで、うんうんと頷いていた。なんだか失礼なことを思われているような気がする。

「ほかに入りそうな奴はいんのか？」

「いないのよ、それが。だからまあ、いまんとこアタシとアンタの二人よね」

「えっ、俺が入んの決まってんの？」

「どうせ入るでしょ？　だからケッテーイ！」

そう言って、アタシは眼前に入部届けを突き付ける。彼は呆れたようにこちらを見ていたが、やがて渋々と入部届けを受け取った。これで部員は二名。美術部は廃部にならない。やった、と思い切りガッツポーズ。

宮澤は頬杖をついてこちらの様子を眺めていたが、不意に首を傾げた。

「でもいいのか？　お前は出会いを求めなくて」

「アタシはいいのよ、必要ないから」

「ふーん。彼氏いんの？」

「違ーう！　彼氏じゃなくて、彼氏にしたい人がいんの」

「なんだ、ただの片想いか」

「ただのって何よ、失礼ね」

なんてデリカシーのない言い草だ。唇を尖らせながら、アタシは彼を手招きする。困惑しながらも近付けられたその耳元に、アタシは囁いた。

「……沖泰斗」

「はい？」

「一番左端の奴よ。アタシ、アイツが好きなの」

彼はチラリとそちらを見て、なるほどって顔をした。あ、いまアタシ面食いって思われたかも。その評価は不服だったので、ちゃんと内面も知ってるよ、中学時代からの付き合いだよ、とアピールする。

「うちの高校ってさ、東中の奴ばっかじゃん？　沖君も東中なんだよね」

「へえ、じゃあ一緒の中学だったのか」

「そうそう。あ、アンタは何中？」

「……海南だよ、多分知らないだろうけど」

「うん、初めて聞いた。ほかに同中の奴いる？」

「いない、俺だけだよ」

「へえー」

　カイナン？　聞いたことのない地名だ。あまり興味が湧かないので、アタシはぼーっと沖君を眺めていた。

「そんなに好きなんだったらさ、アイツ美術部に誘ってみたら？」

　彼は少し呆れたように言った。違う、アタシの好きはそういうのじゃない。脳内で反射的に言葉が浮かんだ。

　アタシはほかの女子とは違う。彼と一緒にいたいとか付き合いたいとかそんなんじゃなくて、ただ彼を幸せにしてあげたいのだ。深い闇に囚(とら)われている彼を、救い出してあげたい。だから美術部に入れても意味がない。

　沖君は、バスケ部じゃないとダメなのだ。

「アンタ馬鹿じゃないの、なんで沖君が美術部なんて入んのよ」

「えぇ？　いや、別に深い考えは……」

「いい？　沖君は中学のときからバスケ部のエースで、一年からレギュラーだったんだから。運動神経だって超いいんだよ？　それがどうしたらこんなあるかないか分かんないような影のうっすーい部活に入んのよ」

「はあ……まあ、そうだな」

「沖君はあの感じがいいの。スポーツ馬鹿って感じが」

「ふーん」

宮澤はつまらなさそうに相槌を打って、もう一度沖君を見やった。

「でもなんかアイツ、バスケとか嫌いそうだな」

なんの根拠もなく、宮澤は事実と真逆のことを言った。分かってない奴だな、とアタシは思った。コイツ、全然分かってない。

沖君はバスケが大好きなのだ。きっと、誰よりも。

湯舟に足を入れる。浴槽にぎりぎりまで満たされていた湯が、一気に溢れた。それを気にすることなく、アタシは肩まで湯に浸かる。透明な液体がすごい勢いで流れていった。あー、もったいない。呟いた声は、狭い浴室によく響いた。

父さんが帰ってくるまでに、お風呂に入っちゃいなさい。母さんはそう言った。どうしてこんなときに、宮澤と初めてしゃべったときのことを思い出したのだろう。分からない。彼のことを考えると、胸が苦しくなる。それは甘酸っぱい感情では決してない。嫉妬だ。アタシは宮澤に嫉妬している。

「ただいまー」

壁の向こう側からくぐもった父さんの声が聞こえた。いま帰ってきたのだろう。母さんの声も聞こえる。耳を澄ませ、アタシは二人の声に感覚を委ねる。

アタシの家族は皆とても仲がいい。父さんと、母さんと、アタシ。たまに喧嘩もするけど、よくしゃべるしよく遊ぶ。三人でドライブなんてしょっちゅうだ。友人たちは親がキモイとかウザイとか言うけれど、アタシにはその感覚が理解できない。アタシにとって家は一番居心地のいい場所で、これ以上の場所は多分、一生持てない。だからアタシは怖い。大人になるのが。この家から離れるのが怖い。過去に戻りたいと願いそうな、未来の自分が怖い。

足の指の隙間を、丹念に揉みほぐす。今日は疲れているなあ、と身体を触って感じる。里沙子と会ったからだろうか。あるいは宮澤としゃべったから？　原因は分からない。ただ、勝手に口から溜め息が漏れた。辛い。何が辛いのかは分からないけれど。身体が鉛みたいに重い。肺の底に、どんよりとした空気が沈んでいる。

中学のとき、アタシはバスケ部に入っていた。理由は単純、友達が入っていたから。ただそれだけ。絵を描くのが好きだったけど、美術部に入るつもりは毛頭なかった。迫害されるのを、アタシは恐れた。

学校という空間には、ヒエラルキーが存在している。アタシたちの学校では、美術部の生徒はその最下位に位置していた。暗い。気持ち悪い。自分の好きなものに向き合う彼等を、生徒たちはそう評価した。彼等は常にのけ者にされ、馬鹿にされた。距離を取って考えてみると、アレはいじめだったのかもしれない。しかしそのときはそうは思わなかった。彼等がそんな扱いを受けるのは、当たり前だったのだ。それは人間が呼吸をするくらい普通のことで、だからアタシは好きなことを必死で押し殺さねばならなかった。苦しみにもがいていたアタシは、沖君に強く惹かれた。好きなことを好きと言える彼が、眩しくて仕方なかった。

高校に入ると、中学時代の友人たちは皆アタシをバスケ部に誘った。それをアタシは断った。疲れていた。好きなものを、嫌いな振りするのに。

部活の一覧表には、美術部だけ括弧がつけられていた。どうしてですかと顧問に聞けば、部員がいないのよ、と彼女は答えた。二人以上の部員がいて初めて、部としての活動が認められる。そう聞いた。だからアタシはもう一人部員を探さねばならなかった。

そして、宮澤に声をかけた。

まさかそのせいで沖君まで美術部に入るなんて、ちっとも思っていなかった。アタシは気づいていなかったのだ。沖君が変わってしまったことに。


「なんでこんなことしたの！」

美術室に耳障りな声が響いた。アタシの声だ。パレットで赤色を作っていた宮澤は、少し驚いたように顔を上げた。部活が始まって、まだ二日目のことだった。

「こんなことって？」

「なんで沖君を美術部なんかに入れたの！」

彼は小さく頭を掻くと、視線をこちらへと寄越した。

「向こうが入りたいって言ったんだよ」

「言うわけないでしょ！」

「そんなこと言われても知らねえよ」

宮澤は辟易した様子で軽く頭を横に振った。

「沖君はバスケ部に入るべきなの」

「そんなの本人に言えって」

「アタシの言葉なんて、沖君が聞いてくれるはずないでしょうが」

「そんなことないって」

「だいたいなんなの、なんでアンタたちそんな仲よくなってんの」

「別に仲よくねぇし」

「嘘」

「嘘じゃねえって」

ガラスの向こう側は、すでにうっすらと暗くなっていた。藍色を滲ませた雲たちが、闇の中にその身体を溶け込ませている。

苛立ちが抑えられず、アタシはパレットの中をぐちゃぐちゃと掻き回した。さっきまで鮮やかだった色たちは、すぐに薄汚い黒へと変わる。嫌な色。醜い色だ。

「みどりちゃんから聞いてたわよ。アンタら二人が一緒に入部届け出しに来たって」

「だからなんだよ」

「仲いいじゃないって言ってんの！」

「別に普通だろうが、それくらい」

「普通じゃない！」

感情が噴き出す。宮澤は表情を変えない。ただ可哀相なものを見るみたいに、こちらを見ている。

「田村は……泰斗のなんなの？」

その声に敵意はない。ただただ純粋な疑問の塊が、アタシの頭をがつんとぶった。

「うるさい！」

椅子が床に倒れる。がしゃんと、騒がしい音。気づいたら、アタシは立ち上がって
いた。手が勝手に伸びて、宮澤の腕を掴む。真っ白な、細い腕。アタシのそれよりも
よっぽど華奢だった。力を入れたら壊れてしまいそうな、女の子みたいな、彼の右腕。

「どうしたんだよ」

宮澤が怪訝(けげん)そうな顔でこちらを見る。絵筆が落ちて、床に色をつけた。血と同じ、
鮮やかな赤。

「……なんで、アンタなの」

「はあ？」

「なんでアンタなのよ！　なんでアタシじゃないの、なんで、」

言葉が途切れ、代わりに視界がぐらりと歪んだ。宮澤がぎょっとした顔でこちらを
見る。空いている左手が、アタシの肩を掴んだ。

「落ち着け田村、なんで泣いてんだよ」

「泣いてなんか――」

「ほら、いいからコレ使えって」

彼はそう言って、青色のハンカチを差し出してきた。左端にブランドのロゴが刺(し)

繍(しゅう)されている。

「いらない」

「いいから」

　無理矢理押し付けられたハンカチを、アタシはただ握り締めた。宮澤は何も言わず、ただそれをじっと見ている。

「――ひどい」

　吐き出した声は震えていた。

「アンタなんか、誘わなきゃよかった。そしたら沖君はこんな部活に入らなかったのに！」

　自分はいまとてもひどいことを言っている。自覚はあった。なのに、止まらない。

「アンタのせい。アンタがいなかったら、こんなことにはならなかった！　アタシ、アンタを許さないから」

「許されなきゃなんないようなこと、俺はしてない」

「したよ」

「してない」

「した」

　腕を突き離し、アタシは瞼を擦る。その衝撃に、宮澤は後ろへよろめいた。白いシヤツに深く皺が寄る。

「アンタは、沖君を救った」

吐き捨てた台詞に、彼は目をぱちぱちと瞬かせた。それから怪訝そうに首を傾げる。

「誰が誰を救ったって？」

「アンタが、沖君を」

「……お前馬鹿じゃねぇの」

彼はそう言って溜め息をつく。

「俺はなんもしてねぇって」

「沖君は――」

「田村」

アタシの言葉を、宮澤は強引に遮った。真っ直ぐな瞳がこちらを射抜く。そんな目でこちらを見ないでほしい。腐っていくアタシの心臓が、ぎぎっと不細工な音を立てた。

彼の小さな唇が、微かに動く。

「俺は、」

それから彼がなんと言ったのか、アタシはまったく覚えていない。

次の日、宮澤は補習があり部活には来なかった。どうやら彼は入学テストの際にかなり上位だったらしく、国公立大コースなんていうわけの分からない補習授業を取らされていた。本人はサボるつもりだったらしいが、お姉さんにちゃんと参加しろと言われて気が変わったらしい。彼は重度のシスコンだった。

　まあそういうわけで、この日の部室はアタシと沖君の二人だけだった。緊張していないと言えば嘘になる。アタシの心臓はいまにも身体から逃げ出してしまいそうなほど、忙（せわ）しなく動き回っていた。それはドキドキというより、バクバクに近かった。胸が高鳴ると言うよりも、恐怖で息が止まりそうだった。沖君は怒っていた。それはもう、一目ですぐに分かるくらいに。

「お前さ、昨日けいとに何したの」

　机に顎をのせ、彼は何気ない口調で尋ねてきた。なのに、空気が凍る。装ったいつもどおりから、堪え切れない怒りが滲み出ていた。

　アタシは鉛筆を机に置くと、何も気づいていない振りをして彼を見た。意地だった。怖がっていると思われたくなかった。

「別に。普通にしゃべっただけだよ」

「何をしゃべった」

「さあ？　あんまり覚えてない」

嘘だった。口にしたくなかった。だから、言わなかった。

「何？　宮澤がなんか言ってたの？」

「いや？　アイツは何も言ってないよ。ただオレが勝手に勘づいちゃっただけ」

「沖君の勘違いじゃない？」

「勘違いかどうか、本人に確かめようと思ってさ」

沖君はそう言ってにこりと笑った。人当たりのよい、彼の仮面。

「田村とは結構長い付き合いだし、お互いの性格もよく分かってると思うんだよね」

「そうね」

「だから、もう一度聞く。お前、けいとに何をした？」

そこにはこちらを責める響きが混じっていた。恐らく、沖君にはもう予想がついているのだ。その上で彼はアタシに口を割らせようとしていた。

そこまで宮澤が大事なのか。悔しくて、アタシは奥歯を噛み締める。里沙子とアタシが喧嘩しても、一度も口出ししなかったのに。宮澤のときは怒るのか。何故。どうしてアイツなんだ。腹から湧き上がってくる感情を、しかしアタシは言葉にしない。目を細め、なんでもない振りをして首を横に振る。

「何もしてないって。ただ話しただけってさっきから――」

「ふざけんな！」

アタシの言葉を遮り、沖君は立ち上がった。美術室に彼の怒声が響き渡る。ガタン。椅子が揺れる音。その迫力に、アタシは思わず身を竦める。彼に貼り付いていた仮面は、いとも容易く崩れ去った。笑顔の下に潜んでいた怒りが、容赦なくこちらに牙を剥く。

「ふざけてなんかないって、とにかく落ち着いて。そんなふうに怒るなんて、沖君らしくないよ」

折れそうな心をなんとか支えて、アタシは澄ました顔を取り繕う。

「オレらしいってなんだよ！　お前に何が分かるんだ」

どうやらその言葉は彼にとってタブーだったらしい。ますます激昂(げっこう)した沖君は、乱暴にアタシの腕を掴んだ。こんなふうにされるのは初めての経験で、あまりの恐ろしさに腰が抜けそうになった。いままで一度だって男の人が怖いだなんて思ったことはなかった。彼等とアタシは薄い壁に阻まれていて、向こうがどんなに手を伸ばしてきても、法律とか大人とかがアタシたちを庇(かば)ってくれた。セクハラ、と言葉を投げ付ければ、皆がアタシから一斉に逃げ出していった。だからアタシは高を括(くく)っていたのだ。男という存在を、甘く見ていた。

「ちょっと、マジで放して」

その手を振り払おうとするが、彼の腕はびくともしなかった。アタシの中でいっそう恐怖が降り募る。

「言えよ。お前はアイツに何をした」

「なんでそんな怒ってんの。わけ分かんない」

「本当は分かってんだろ」

そう吐き捨て、彼はアタシの身体を突き放した。その顔は歪んでいて、なのにいままで見たどの沖君よりも彼を生々しい存在に感じた。

「女子に暴力とか、サイテー」

場の流れに抵抗するように、アタシは呻いた。沖君はこちらを見下ろし、その言葉を鼻で笑った。

「こんなもん暴力に入んねーよ」

「なんなの……なんでそんな怒ってんの」

目が熱い。なんだか自分が情けなくなって、アタシは俯いた。好きな人になじられるのは、精神的にかなりキツイ。握り締めた拳の中で、爪が皮膚へと食い込んだ。ピリッとした痛みが走る。その痛覚に全神経を集中させる。目の前の現実から目を逸らしたかった。

「そんなにさ、宮澤のこと好きなわけ」

思わず口をついて出た呟きに、彼は答えた。

「好きだよ」

はっきりと、そう言い切った。返事なんて求めていなかったのに。わざわざ言わなくても気づいていたのに。

「なんなの。気持ち悪いよ、アンタら男同士じゃん」

「——っ！　……勝手に妄想してんのはお前だろ。オレは普通に、ダチとしてアイツが好きなの」

「おトモダチ、ね」

もし本気でそう思っているのだとしたら、随分とおめでたい頭だ。彼の宮澤に対する気持ちは、友情なんて生温い表現では言い表せない。執着だ。沖君は宮澤に執着している。恐ろしいくらいに。

「お前がアイツに何言ったかは知らねえけどさ、だいたい予想はつくよ。オレには釣り合わねえとかなんとか言ったんだろ？」

「だったら何」

「オレが、」

そこで言葉を切り、彼はこちらへと手を伸ばした。その大きな手のひらが、アタシの肩を捕らえる。彼は耳元に顔を寄せると、言い聞かせるようにゆっくりと言葉を紡いだ。

「オレが誰とつるもうが、お前に関係あるか？」

ない、とは言いたくなかった。だからアタシは唇を噛んだ。血の味が口内に広がる。どこか切ったらしかった。

「お前はもう里沙子のボディーガードじゃない。守る相手がいなくなったからって、勝手にオレを巻き込むな。オレを里沙子の代わりにしないでくれ」

「アタシはそんなつもりじゃ――」

「お前がどういうつもりかなんてどうでもいい。ただ、お前の気持ちは迷惑だ」

そう吐き捨て、彼は立ち上がった。アタシは思わず手を伸ばす。

「待って」

指が、空を掴んだ。その先端から伸びる透明な糸は、きっとどこかに繋がっていた。だから、アタシはそれを手繰り寄せようとした。それさえ掴めば、また取り戻せるような気がした。何を、かは分からない。分からないのに、アタシは欲した。

「待ってよ」

沖君は振り返らなかった。ブレザーのポケットからケータイを取り出し、耳にあてる。その電子機器は鮮やかな空色をしていた。あそこから出る電波はきっと、アイツに繋がっているに違いない。彼にはもう、この糸は必要なくなったのだ。

「あ、もしもしけいと？　補習終わった？　マジか、じゃあ昇降口集合な。え？　はは、うっせえよ——……」

　扉が閉じる。彼の声は小さくなり、やがて何も聞こえなくなった。水飴みたいなどろりとした沈黙が、アタシの身体に纏わり付く。それは透き通ってきらきらしていて、なのにねっとりと重かった。

　何も掴めなかった手を、アタシは見下ろす。馬鹿じゃないかと思った。アタシも、彼も。こんなふうにぶつかりたかったわけじゃない。ただ、元に戻りたかったのだ。中学のときみたいな、三人でいたときみたいな、そんな、関係に。

「……何やってんだろ、アタシ」

　漏れた感情が、手の甲に落ちた。それがなんだか惨めに思えて、アタシは目元を指で押さえる。瞼は熱かった。柔らかな暗闇の中で、アタシは呟く。

「里沙子、いますぐ会いたい」

　縋るように伸ばした手は、ただ空を切るだけだった。

　鏡を覗き込む。化粧を完璧に落とした、アタシの素顔。そこに化粧水を塗り込んでいく。指が皮膚の上を滑る。この滑らかな感触が好きだった。

「夏美、ごはんできたわよー」

「はーい」

台所から母さんの声がする。アタシは素直に返事をして、ドライヤーを手に取る。それに髪はまだ生乾きだった。水を吸ったアタシの髪の毛は惨めに縮こまっている。それに熱風を当てながら、アタシは考えた。自分は何をしたいんだろう。

中学生のとき、アタシの存在意義はたくさんあった。強豪と言われるバスケ部でレギュラーだったたし、友達もたくさんいた。それに、里沙子がいた。

あの子はアタシを必要としていた。彼女と沖君が揉めたときの仲介役は常にアタシだったたし、逆にアタシと里沙子が揉めたときは彼が仲介してくれた。沖君は常にアタシと里沙子を対等に扱った。里沙子を贔屓しなかった。好きな相手がいたとしても、周りと公平に扱える。あのころアタシは沖君をそういう人物だと評価していた。けれど、それは誤りだった。彼にとって里沙子は好きな相手ではなかった。ただ、それだけの話だった。

沖君は変わった。いや、もしかしたらいまの沖君こそが本当の沖君なのかもしれない。公平さなんてものをかなぐり捨てて、彼は宮澤を真綿に包むみたいに扱う。宮澤を少しでも傷付ける者を許さないし、自分のせいで彼が傷付いたら信じられないほどに自分を責める。宮澤が沖君に何をしたかは知らない。ただアイツのせいで彼が変わってしまったのは確かだった。

沖君はこれでいいんだろうか。ドライヤーを動かしながら、アタシは考える。水分の飛んだ髪は、先程と較べて随分と膨らんでいた。熱風を首筋に感じ、アタシはそっと息を吐く。

バスケをやめた沖君は、いまなんのために生きているんだろう。後悔してないの。そう尋ねたら、多分彼は即答する。もちろん、まったく後悔してない。そう言って、彼は笑うだろう。アタシにその強さはない。アタシは後悔している。バスケをやめたこと、とても後悔している。

バスケは好きじゃなかったけれど、アタシにはバスケの才能があった。身長も女子にしてはかなり高いほうだし、運動も得意だった。試合で活躍するアタシを見て、皆がアタシを評価した。努力したら努力した分だけ評価が返ってきた。皆の前で褒められるのは快感だった。あのころのアタシは自信を漲(みなぎ)らせていた。

いまはどうだろうか。高校に入って、アタシは本当に好きだったものを選んだ。言葉にすればカッコイイかもしれない。だけど、それでどうなった？　誰が評価してくれた？　誰がアタシを必要としている？　クラスの友達としゃべっていても、その感覚は拭えない。アタシは与えられた役割どおりに振る舞っているだけ。皆、そうだ。別にここにいるのは自分でなくても構わない。ただの数合わせ。独りにならないように、捨てられないように、アタシは必死で田村夏美を演じている。

里沙子と沖君がまた付き合えば。そうすればまた元どおりになれるんじゃないか。

無意識のうちにアタシはそんな希望を抱いていた。馬鹿だった。二人はもう前へと進んでいたのに。取りこぼされた過去の中で、アタシだけが溺れている。

自分は本当は何がしたいんだろう。何になりたいんだろう。誰が好きで、何が好きなのか。自分自身のことのはずなのに、探しても答えが見つからない。このままでいいの？　胸の中で膨れ上がる焦燥に、アタシは思考するのをやめた。そう言えば以前、同じようなことをクラスの男子から聞かれたことがあった。あのとき、自分はなんて答えたんだったっけ。中三の冬。模試の帰り道での会話が、不意に脳裏に蘇る。


「推薦を蹴った？　沖君が？」

長谷川から告げられた言葉に、アタシは思わず声を上げた。バスの乗客たちの視線が、こちらへと集まる。慌てて、アタシは自身の口元を覆った。すみません、と軽く会釈する。

「そうそう。向川のバスケ推薦断ったらしい。バスケはやめるんで、だって」

「それ、マジで言ってんの？」

「マジマジ。俺もびっくりしてさ、田村ならなんか知ってんじゃないかって思って」

「東高行くってのは知ってたけど、推薦蹴ったっていうのは全然知らなかったよ。って言うか、沖君がやめる？　バスケを？」

「信じらんないよな、マジで」

　スポーツバッグが、彼の足元で揺れている。青いエナメル製のそれは、男バスのトレードマークだった。長谷川は一年生のときからレギュラーで、その境遇は沖君と少し似ているかもしれない。彼はよく自分のことを沖君の親友だと言っていた。周りもそう認識していたし、アタシもそうだった。沖君だけは毎回否定していたけど。

　はっせーと呼ぶと笑顔で振り返ってくれる彼のことが、アタシはちょっとだけ好きだった。本当に、ちょっとだけ。

「なんでやめんの？　理由は？」

　アタシの問いに、彼は肩を竦めた。

「だから知らないって。森さんなら知ってるかも、彼女なんだし」

「はっせー知らないの？　あの二人この前別れたよ」

「嘘ォっ、聞いてないんだけど。なんで」

「沖君、里沙子のこと好きじゃなかったんだって」

「はい？　わけ分かんねー」

　バスが停車する。まばらだった乗客も、皆降りていってしまった。車内には二人きり。四角に切り取られた夜景の中で、たくさんの光がちかちかと瞬いている。長谷川の下車するバス停は、まだ先だった。

「どうしちまったんだろうな、沖の奴」

「ほんとにね」

「アイツさ、悩んでるところ他人に見せないじゃん。だから全然気づかないんだよね、アイツが苦しんでても」

「……意外」

無意識のうちに、思考が声に出た。何が、と長谷川が首を傾げる。

「はっせーって馬鹿だと思ってた」

「失礼だな」

「だってなんかいっつも馬鹿っぽいこと言ってんじゃん」

「え、田村って俺のことそんなふうに思ってたの？」

「うん」

「ひどい」

憤慨したような口調でありながらも、長谷川の口元は緩んでいた。

「俺とアイツ、結構似てるからさ。そういうとこ分かんの」

「似てるとこなんてある？」

「結構あるじゃん。顔がいいとこ、バスケが強いとこ、馬鹿なとこ――」

「他人に関心ないところ、とか？」

アタシの言葉に長谷川はゆるりと首を縦に振った。車体が揺れる。がたん、がたん。

「そうそう。まあ俺らの周りって皆そんな奴ばっかだけどね。一人にならないなら誰でもいいや、みたいな」

「……そうだね」

「でもさ、なんか……すげーむなしくない？」

「何が」

「この三年間の付き合いってなんだったのって、まあ思っちゃうよね。俺、あんまり人間できてないし。正直ムカつく」

ガラスに映るその表情はとても冷たくて、だから少しドキリとした。ブレザーから伸びた彼の手はかくかくと骨張っている。男の子の手だな、となんとなく思った。

「友達だと思ってたの、やっぱ俺だけだったのかな」

「片想いだね」

「そうだな。田村と一緒だ」

彼は目を伏せ、微笑んだ。心臓がきゅっと締め付けられ、アタシは唾を呑む。

少年の手が、おもむろに伸ばされる。それは躊躇（ためら）いがちにアタシの髪へと触れた。首元に皮膚が擦れる。その指先は冷たかった。

「やめて」

目を逸らしたアタシに対し、彼は視線を逸らさない。

「なあ、」

「何」

「好きだ」

その声は、ひどく静かだった。

息が震えた。冷たい空気の中で、彼の言葉だけが熱を帯びていた。視界が歪む。瞼が重くて、アタシはぱちぱちと瞬きした。心臓が居心地悪そうにむずむずと身じろぎしている。何かを吐き出そうとして、なのに声が出ない。熱い。

「俺、田村のこと好きなんだ」

「付き合ってほしい」

一瞬だけ、打算が思考を横切った。彼と付き合ったら多分、周りの女子たちはアタシを羨むだろう。そこまで考えて、自身の浅ましさにゾッとした。醜い自分を否定するように、アタシは首を横に振る。

「無理だよ」

「なんで」

「分かってるでしょ？」

「沖が好きだから？」

「そう」

「無理だよ」

「知ってる」

「報われない」

「それも知ってる」

「アイツは、」

彼はそこで唇を噛んだ。整った顔がもどかしさに歪む。アタシはそれをただ眺めていた。

「アイツは、人を好きにはならない」

「……分かってる」

吐息に混じり、声が漏れた。アタシは目を伏せ、小さく頷く。

「でも、いいの」

「健気（けなげ）だね、田村は」

「別にそんなんじゃない。自己満足だから」

「でもさ、堪えられる？」

「何が」

「もしアイツに好きな人間ができたら、お前堪えられる？」

　質問の意図が理解できなくて、アタシは首を傾げた。長谷川の表情はひどく真面目で、それだけでなんだか胃がギリッと縮んだ。

「田村は賢いから、アイツの本性知っててんじゃん。だから片想いでもいいとか言えるんじゃない？　アイツがほかの女に取られる可能性が低いから」

「別に、アタシは沖君と付き合いたいとか思うほど身の程知らずじゃないし。それに、里沙子と付き合ってるときも上手く応援できた。これからも大丈夫だって」

「そうかな。俺にはそう思えないけど」

　その不穏な言い回しに、思わず眉をひそめた。彼の指がこちらから離れていく。

「無条件に尽くし続けるなんて、田村には無理だよ。いつか絶対に見返りが欲しくなる。これまではなんだかんだ言っても見返りがあったじゃん。アイツの近くにいれたし、向こうもお前に感謝してた。だけど高校じゃ森さんがいない。アイツと田村を繋ぐものなんてない」

「バスケが、」

「アイツはバスケやめんだぜ？　無理だ」

「やめない」

　アタシは即答した。

「沖君は誰よりもバスケが好きだから。部活をやめても、バスケはやめない」

長谷川は少し呆れたように肩を竦めた。がたんがたん。吊り革が揺れ動いている。

「じゃあアイツがバスケを続けたとして、それでどうなるの？　結局はいまみたいにただ見てるだけになるんじゃない？」

「それは――」

「田村はさ、アイツに告白しないの？」

アタシの声を遮り、長谷川は問う。真っ直ぐに突き付けられたその言葉に、アタシはぐっと息を呑んだ。

「このままでいいの？」

「いいの。アタシは……アタシの好きは、そんなんじゃないから」

「それ、本気で言ってる？」

「本気だよ、」

応じた声は震えていた。それでも長谷川は追及してはこなかった。ふうん。そう呟いて、窓の外を見る。彼はこちらを見ない。あぁ、終わったのだな、と脳のどこかでアタシは理解した。

バスがゆっくりと動きを止める。扉が勝手にバタンと開いた。あ、降りなきゃ。長谷川は何事もなかったかのようにそう言った。

「じゃ、田村。また明日学校でな」

「うん」

彼は青い鞄を肩にかけ、バスを降りていった。扉が閉まり、車は再び動き出す。彼の姿が見えなくなったのを確認し、アタシは思わず息を漏らした。自身の手のひらで瞼を覆う。

アタシの好きは、そんなんじゃない。

呟いた台詞は、馬鹿みたいに安っぽくて。自分にはお似合いだと思った。


じじじじじ。騒々しい時計の怒鳴り声で目を覚ます。重い体を引きずってベッドから抜け出せば、すでに辺りは明るかった。爽やかな夏空とは対照的に気分は最悪だ。できるならこのまま眠ってしまいたい。一瞬欲求に負けそうになったが、それでも学校に行かなければという義務感から、アタシは無理矢理布団を自身の身体から引っ剥がした。そう言えば昨晩はケータイをチェックしてない。そう思って画面を見たら、なんと電源が切れていた。どうやら充電を忘れていたらしい。慌ててベッドから立ち上がったら、タンスの角に小指をぶつけた。鋭い痛みが指先を駆け巡る。

「あー！　もう！」

星座占いをチェックしなくても分かる。今日は絶対にツイてない。

「ねえねえ、宮澤と沖が付き合ってるって噂、ガチなの？」

肩を叩かれ、振り返る。そして投げかけられた質問が、これだった。はあ？　苛立ちを露にした声が、自分の口から飛び出す。しかし声をかけてきた友人は特に気にした様子もなく、ただニヤニヤしながらこちらを見ている。

「夏美ったら知らないの？　今日この噂で持ち切りだよ」

桜は何気なくアタシの隣に並んだ。彼女の膨らみ始めた胸が白いシャツの下で主張している。なんとなく見てはいけないような気がして、目を逸らす。

「誰かが変な噂流してるだけでしょ、くだらない」

「まあそうなんだろうけどさー、でも実際のところどうなの？　あの二人ってやっぱ一線越えちゃってる？」

「越えてません！　変な想像しないで」

「怒んないでよ、冗談だって」

教科書を腕に抱え直し、桜はくすりと笑う。アタシは溜め息をつき、その顔を見下ろした。

「なんでまたそんな馬鹿な噂が流れたの」

「さあ？　私もよく知んないんだよね。ただあの二人と一番仲いいの夏美でしょ？　だから聞いただけ」

「言っとくけど、あの二人はガチで親友なだけだから」

「えー、それだけには見えないけど」

「アンタがそう見えないだけ、以上!」

「なんだ、つまんないな」

落胆したように、桜は唇をすぼめた。一体どんな期待をしていたんだ。

「じゃ、私、次は科学だから。またあとで」

「はいはい」

現れたときと同じ唐突さで、彼女はバタバタと駆けていった。その後ろ姿を見ながら、深く溜め息をつく。なんだか授業に行く気が失せた。三時間目はサボろうと思い、アタシは美術室に向かった。


部室には描きかけだったキャンバスがそのまま残っていた。青々と茂る稲。夏の田園風景だ。

窓を開き、扇風機の電源を入れる。なんでうちにはクーラーがないんだ。そう憤慨しながら、アタシはいつもの席へと腰かけた。

宮澤と沖が付き合ってる。その言葉を聞いた瞬間、心臓がどっと跳ねた。嫌な汗が噴き出し、全身の毛が粟立った。根も葉もない噂だと認識しながらも、同時に恐怖を覚えた。まさか、本当に？　噂を噂だと否定しきれない自分がどこかにいた。

「……宮澤なんて、死んじゃえ」

呟いた声はある種の生々しさを伴って、教室の中へ溶けていった。喉が渇いていた。水が飲みたい。そう思いながら、アタシは机に突っ伏す。熱を吸った木製のそれは、自分からさらに水分を奪う。机の上に、水滴が落ちた。汗なのか、涙なのか。どちらか自分でも判断できない。

こうやって考えてみると、ひどく馬鹿な話だった。

中学生のころ、アタシは自分に押し潰されそうになっていた。自分を塗り潰して田村夏美を演じることに、アタシは苦痛を感じていた。自分で作った鎖にがんじがらめになって。身動きが取れなくなって。もがいていたアタシを解放してくれたのが、沖君だった。夢の見方、続けることの楽しさを、彼はアタシに伝えてくれた。沖君が好きなものに打ち込む姿を見ているだけで幸せになった。彼はバスケが好きだった。誰よりも。

里沙子と別れた辺りから、沖君は明らかにおかしくなっていった。好きなものを捨て、偽物の自分で覆い隠して。まるでかつての自分のようだった。

だから救い出してやりたいと思った。今度は自分の番だと。好きになってほしいとか、そんな図々しいことは考えていなかった。ただ、自分が彼を助けたかった。

――自分が。

「えっ、田村も美術部だったの？」

部活動の初日、そう言って笑う彼を見て、アタシはぞっとした。頭がくらくらする。襲いかかってきた現実を受け止められなくて、思わず後ずさりした。

「最初に言っただろうが」

「悪い、聞いてなかった」

「聞けよ」

「だってけいと話長いし」

「お前には負けるよ」

「え？　もしかしてオレ褒められてる？」

「褒めてねえよ」

まるで数年来の友人みたいに、沖君と宮澤がしゃべっている。なんで。乾いた唇から声が零(こぼ)れる。しかし自分の言葉は誰にも届かない。

「っつーかさ、お前マジで美術部でいいの？」

「けいとが誘ったんだろ？」

「いや、アレはアレだ。まさかホントに誘いに乗ってくるとは思わなかったと言うか、なんと言うか……」

「照れなくていいって。本当はオレに入ってほしかったんだろ？」

「いや別に」

「ひっで」

年相応の会話が繰り広げられている中、アタシだけが動けなかった。

「冗談抜きで、本当のところはどうなんだ？」

宮澤が沖君の顔を見上げる。硬い黒髪が彼の輪郭をするりとなぞった。その凜とした横顔に、アタシは焦燥を覚えた。だめだ、取られる。じりりと滲んだ感情は、喉に引っかかって飛び出せない。

「だからいいって言ってんだろ？」

沖君は笑って、彼の肩に腕を絡めた。

「オレ、お前のこと好きだし」

彼の唇から紡がれた言葉に、アタシは息を呑んだ。好きだって、好き。動揺しているこちらとは対照的に、宮澤は心底どうでもよさそうな顔をしていた。知らねぇよ馬鹿、そう短く彼は呻く。

「……好きって、」

やっとのことで声が出た。普段どおりを演じられているか、アタシは自分でも分からなかった。

　宮澤はぎょっとしたようにこちらを見て、それからあわあわと沖君の顔を見た。

　──違っ、いまのは別に変な意味じゃないと言うか……な、泰斗！　一体何に同意を求めているのか。沖君はそんな彼を見下ろし、愉快そうにクックッと喉を鳴らした。

「お前な、田村の前でそういう誤解を招くような言い方やめろ！」

「ライクじゃなくてラブなのよ、って言うべきだったか？」

「台詞チョイス間違えすぎだろ！　って言うか、あー……田村、いまのは冗談と言うかおふざけだから。そんなおっかない顔でこっちを睨まないでくれ」

「……睨んでない」

「睨んでるって！　般若(はんにゃ)みたいな顔してるって！」

「……してない」

　声が滲んだ。焦ったように、宮澤が声を上擦らせる。

「あー、してないな。俺が悪かった。だからとりあえず考えすぎるのはやめてくれ。俺と泰斗は友達だ。こっちの話聞いてる？」

　彼はそう言ってこちらの顔を覗き込んできた。丸い瞳と、ばちりと目が合う。その瞬間、アタシは悟った。あぁ、コイツいい奴だ。胸がずしりと重くなる。苦しくて、アタシは小さく息を吐き出した。

宮澤は純粋にこちらを心配していた。彼はアタシが沖君のことを好きだと知っているから、余計な誤解を生みたくなかったのだろう。違う、そうじゃないの宮澤。アタシは心の中だけで呟く。恋愛感情とか、友情とか、そこは重要じゃない。沖君が好きって言った。好きな人がいるって。それがどんなにすごいことか、アンタは知らない。震える指先を、自身の手で包み込む。別に、気にしてなんかない。そんな顔を繕って、アタシは田村夏美を演じた。

「分かってるってば。馬鹿にしないで」

アタシはただ、沖君を助けてやりたかった。自分が救い出してやりたかった。なのに、でも――。別に、なんてことはない。彼を助け出したのは、自分ではなかった。ただそれだけの話。それだけの話だった。

馬鹿かと思った。自分が。アタシの好きは、そんなんじゃない。そんなくだらないことを考えていた自分は、本当に愚かだ。

アタシはゆっくりと目を閉じる。

結局のところ、アタシも同じだったのだ。彼との交際を求めるほかの女どもと一緒。理想を押し付けて、自分の希望に固執して。彼のことなど何一つ考えてなかった。アタシはただアタシのために、彼が好きだったのだ。

ガラガラガラ。どこか遠くから扉の開く音がした。アタシは机に突っ伏したままだった。扇風機がカタカタと鳴いている。夏の声が風に乗って聞こえてきた。

「おい田村ー」

「田村さんなら留守です」

「そこにいるだろ」

声は容赦なく降り注いでくる。しかしアタシは顔を上げない。隣で椅子を引く音がした。衣擦(きぬず)れの音が微かに響く。

「何してんの」

「別に。アンタには関係ない」

「お前もサボり？」

「……」

「俺もさあー、なんかめんどくなっちゃって」

「うるさい」

「でも美術室って暑いよなー」

宮澤はばさばさとワイシャツを煽(あお)いだ。彼の体温の熱さがこちらにまでにじり寄ってくるような気がする。アタシは机に顔をつけたまま、右を向いた。彼はアイスをくわえたまま、アタシの絵を凝視していた。作品を映す黒い瞳には、感情が一切ない。

そのことに、アタシはいつも恐怖を覚える。

「ちょっと、勝手に見ないでよ」

「なんか夏っぽいな」

「この前も見たでしょうが」

「うん……でもいまのほうが俺は好きだわ」

　ソーダ味のアイスキャンディーが、陽に透けて煌めいていた。溶けてしまった水色の液体が、棒を伝ってその白い皮膚を舐める。それは艶めかしく光る彼の肌を滑り下りると、そのまま静かに床へと落ちていった。

「ねえ、」

「ん？」

「アンタと沖君が付き合ってるって噂、ほんと？」

　そう尋ねた途端、宮澤は噴き出した。ブルータス、お前もか。告げられた言葉にアタシは内心で首を傾げる。ブルータスって何。チーズの名前？　聞きたいような気もしたけれど、多分馬鹿にされるので黙っていた。

「お前マジで言ってる？」

「実際のところどうなの」

「付き合ってるわけねぇだろ」

そう言い切った宮澤があまりにいつもどおりだったので、思わずアタシは笑った。

「勘弁してって感じ。女子に取り囲まれて散々な目に遭ったんだけど」

「アタシも聞かれた、ぶっちゃけどうなのって」

「なんて答えた？」

「愛に性別の壁なんてないわって、」

「おい」

「冗談よ。きっぱり否定してあげた」

でも、本当はそう思ってる。沖君に気持ち悪いと言ってしまったこと、ずっと後悔している。あの言葉は単なる八つ当たりだったのに。

宮澤は安堵したように息を吐くと、アイスキャンディーを豪快にかじった。見ているだけで奥歯がキーンと痺れる。

「アンタらは別に、付き合う必要とかないもんね」

「どういう意味だよ」

「そのままの意味。同性同士だったらさ、一緒にいる理由、友達だけで充分じゃん。だけど異性じゃそうはいかないでしょ？」

「アレか。田村は男女で友情は成り立たない派か」

「別にそうじゃないけど。でも、周りが許してくれないじゃん。付き合ってないと」

確かにな、と宮澤は目を伏せる。その横顔が眩しくて、アタシは目を細めた。

「アタシ、男に生まれたかった」

「そうか」

「嘘、やっぱり男じゃだめ。宮澤じゃなきゃ意味ない」

「俺？」

「うん。アタシ、宮澤になりたいの」

彼は一度黙り込み、それから重心を後ろにかけた。ギイ。パイプ椅子が軋む。

「お前には無理だ」

「なんで」

「結構キツイよ、俺として生きんの」

「そうなの？」

「いや、まあ分かんないけど」

彼はそう言って自嘲げに笑った。大人だな、とアタシはふと思う。その言動の端々から、彼の人間性が垣間見える。宮澤は大人だ。現実を受け入れる術を、アタシよりよく知っている。自分はいつも駄々をこねてばかりだ。

「そろそろ潮時なのかな」

「何が」

「片想い」

ひたり。宮澤の動きが止まった。彼はぱちぱちとその瞳を瞬かせ、それから首を傾げた。やめるの、と彼は言った。その声はひどく静かだった。好きだと告げられたあのときの、長谷川のそれによく似ていると思った。

「疲れたの」

「そう」

「うんざりなのよ、もう。辛いの。アタシはただ、沖君が好きなだけのはずなのに、」

「なのに?」

アタシは唇の端を噛んだ。苦い。何かひどく嫌なものが、自分の喉から迫り上がってくる。噛み締めたはずの奥歯の隙間から、声が漏れた。

「どんどん、嫌いになるの。アンタのことも、里沙子のことも……そんな、自分自身のことも」

人を嫌うのは、疲れる。零れた言葉は、間違いなく自分の本音だった。宮澤は何も言わなかった。ギイ。再びパイプ椅子が呻く。

「もう、終わりにしたい」

「うん」

「アタシさ、明日沖君に告白する。それで全部終わりにする」

「そっか」

「手伝って、アンタも」

アタシはそこで顔を上げ、宮澤の目を見た。彼は一瞬虚をつかれたように目を見開き、それから口元を緩めた。僅かに眉間に皺を寄せ、苦しげに、だけど満足そうに、彼は笑った。

「それ、普通俺に頼む？」

「アンタしかいないわよ、こんなの頼めるの」

「そう」

宮澤がケータイを取り出す。空色のケータイ。沖君のと、同じ色。

「まあ、ちょうどいい機会なのかもな」

「ちょうどいいって？」

その問いに、彼は曖昧な笑みを浮かべた。喜んでいるのか、悲しんでいるのか。その表情は何か複雑な感情が絡み合っていて、アタシ如きには解読できない。沖君なら分かるのかもしれない、となんとなく思った。

「昨日のみどり先生からのメール見た？」

「いや、まだ見てないけど」

「見てみなよ。泰斗には俺が連絡しとくからさ」

そう言うなり、宮澤はケータイを耳に当てた。もしもし泰斗？　声変わりが終わったにもかかわらず、宮澤の声は少し高い。その流れるようなボーイソプラノに耳を傾けながら、アタシは自分のケータイを開く。確かに昨日、みどりちゃんからメールが来ていたようだ。充電がなくて気づかなかった。それをスクロールしている間にも、宮澤はどんどん会話を進める。

「明日からやるから、合同制作」

宮澤が告げる。沖君はなんて答えてるんだろう。ここからじゃ何も聞こえない。いつだってそう。いつだって、アタシだけが蚊帳(かや)の外。

明日にはどうなっているんだろうね、アタシたち。

そう口に出そうとしたら、宮澤と目が合った。彼はまだ電話越しに会話を続けている。あの電話はまだ、沖君と繋がっている。そう思うとなんだか苛々して、結局何も言わなかった。気にしていない振りを繕って、アタシは独り呟く。

「……合同制作、か」

息を吸ってみる。五秒間かけて、ゆっくりと。肺が膨らみ、その存在をはっきりと感じる。生きている、そう実感する。するとすごく安心するから、オレはまた息を吸う。でも、オレは不器用だから。たくさんのものをごちゃ混ぜにして、すべてを吸い込んでしまう。だから、五秒。それ以上続けたら、多分オレは弾けてしまう。ぱちんと、風船みたいに。そうやって壊れる自分を想像して、オレは笑う。いっそ弾けてしまいたい。そんな妄想を飼い馴らしながら、オレはまた一日を繰り返す。

03

「三組の安藤、お前のこと好きなんだって」

唐突に、長谷川はそう言い放った。オレはどういう対応をしていいか分からず、とりあえず相槌を打った。へえ。口から漏れた声はあまりに平淡で、自分でも少し驚いた。

放課後の教室には、オレと長谷川のほかにも何人かの生徒がいた。彼等は彼等で雑談に夢中なのか、こちらを気にしている様子はない。まあオレもコイツの話なんて興味ないけど。そう、心の中で呟く。窓の外を熱心に見つめているオレに、彼は不服そうだった。

「反応うっす。何その余裕」

「安藤とか知らねえし」

「はあ？　あの胸でかい奴だよ。吹部で、顔もまあまあ可愛い」

「誰だよ」

「それマジ言ってんの？　あー安藤可哀相。同中なのに」

そう言って長谷川は肩を竦めた。可哀相と言われても、そんなもんオレが知るかと言ってやりたい。だいたいの話、知り合いでもない人間をどうやったら好きになれるんだ。どうせまたわけの分からない幻想をオレに押し付けているだけだろう。とまあ、内心ではそう思っているわけだが、実際には口に出さない。やっかみを買うようなことは言わない。それが学生生活を円満に過ごすための、暗黙のルールだ。

「お前さあ、ガチな話、どういう女が好きなわけ？」

声を潜め、長谷川が尋ねる。彼の基準はイマイチよく分からない。胸がでかいなんてデリカシーもへったくれもない言葉は平気で大声で言うくせに、こういう恋愛話になると途端に小声になる。普通は逆なんじゃないだろうか。あるいはオレの感覚のほうがおかしいのか。

「お前はどうなの」

「俺？　俺はそうだな……普段大人しいけど脱いだらスゴイ、みたいなタイプがいいな」

「そんなもん脱ぐ段階までいかなきゃ分かんねえじゃん」

「まあそうなんだけどさ。理想だよ、り・そ・う！」

「うっせーな、声でけえよ」

思わず耳を塞ぐ。長谷川は特に悪びれた様子もなく、お前は？　と尋ねてきた。

「オレ？　別にそんなの意識したことねえけど」

「まあお前はより取り見取りだしなあー」

長谷川はうんうんと勝手に納得した様子で頷いていた。多分ろくなことを考えていない。

「ぶっちゃけさ、沖って彼女作る気あんの？」

「どういう意味だよ」

「いやな、中学時代からお前を知ってる奴はさ……やっぱりその、森さんと較べちゃうから」

「里沙子と？　なんで」

「やっぱお前らって二人セットのイメージってすげえ強いし」

「そうか？」

「なんつーか、すげえお似合いだったんだよな、お前ら」

懐かしむみたいに、彼は目を伏せた。ああ、鬱陶しい。オレは思わず眉間に皺を寄せる。

里沙子と別れたとき、たくさんの人間がオレに尋ねてきた。どうして別れちゃったの、と。その声には失望と落胆が滲んでいて、随分と苛立たしく思ったのを覚えている。

「正直さ、森さんレベルの女子とかこの学校いないじゃん。お前、妥協しないと彼女できねえぞ」

「余計なお世話だよ。童貞のくせに」

「うわっ、俺はいますごく傷付きましたー。撤回してくださいー」

「事実だろうが」

「バカヤロー、事実だから傷付くんだ」

長谷川がバンバンと机を叩く。抗議のつもりだろうか。相手をするのが面倒になって、オレは再び窓の外へと視線を戻す。グラウンドでは野球部員たちがすでに掃除を始めていた。そろそろ下校の時間か。

「田村は？」

「は？」

いきなり名前を出され、オレは首を傾げた。長谷川は珍しく真面目な顔で、こちらを見ている。

「田村とお前、同じ部活じゃん。アイツも結構美人だし、どうよ」

「ない」

即答だった。長谷川が不満げな声を上げる。

「えー、なんで？」

「アイツけいとのこと嫌いだし」

「はぁ？」

彼は怪訝そうに顔を歪めた。細められた瞳には、呆れの色が浮かんでいる。

「ソレ、なんの関係があんの」

「あるだろ。けいとのこと嫌ってんだぞ？」

「えー……ないわー。何その理由」

「お前だって自分のダチを悪く言うような奴は嫌だろ？」

「でもさ、あの二人ってどっちかっていうと仲よくね？　たまに二人で帰ってんじゃん。最初付き合ってんのかと思って――」

「付き合ってるわけねえだろ！」

耳が、声を捉える。その声量に自分でも驚いた。それは相手も同じだったようで、長谷川が目を丸くして固まっていた。クラス中の視線がこちらへ集まる。いたたまれなくなって、オレは咳払い(せきばら)をしてごまかした。

「とにかく、あの二人は付き合ってない。むしろ仲悪いから」

　少年と少女。二人が並んでいる姿が、不意に脳裏をよぎった。田村はけいとを邪険に扱うが、決して拒絶はしない。嫌いだと口にはするが、そこに含まれている感情が嫌悪だけではないことをオレは知っていた。

　ひどく苛々する。田村を見ていると、ときおり喉が焼けるように熱くなる。感情が喉で弾けそうになって、唇が勝手に動きそうになって、そこでオレはいつも慌てて唾を呑み込む。汚い感情と共に、すべてを嚥下(えんげ)する。田村を傷付けたくないと思っているのに、彼女がけいとといるだけで、駄目だ。脳の血液が沸騰して、オレから冷静さを奪い去ってしまう。

「な、なんだよ。お前実は田村のこと好きなんだろ。嫉妬しちゃってさ」

　取り繕うように、長谷川はぎこちない笑みを浮かべた。乾いた笑い声が聞こえる。しかしオレはそんな言葉などまったく聞いちゃいなかった。ガラスの向こう側に、けいとの姿を見つけたからだ。慌てて鞄を引っ掴み、席を立つ。

「けいと来たし、帰るわ」

「お前ホント宮澤のこと好きだな」

「うっせーな、悪いかよ」

「いや、呆れただけ」

彼はそう言って、ひらひらと手を振った。

「じゃ、また明日な」

オレはそれに返事することもせず、急いで教室を飛び出した。あの二人、たまに一緒に帰っててんじゃん。自分の足音に入り混じって、長谷川の声が耳元でリフレインする。胸に詰まっているしこり。不愉快な感覚。それを吐き出してしまおうと、オレは大きく息を吐いた。あの日見たものはもう、忘れたと思っていたのに。


その日は雨が降っていた。

雲からぽつぽつと落ちてくる水滴に、オレは思わず溜め息をついた。その日はちょうど五月の初め、祝日に挟まれた久しぶりの登校日だった。心なしか浮ついていた足取りも、雨のせいで重いものとなる。雨は嫌いだ。世界から取り残されたような、そんな気分になるから。こんなときにけいとがいればな、と心底思う。そしたらきっと、胸の中を這いずり回るこの不愉快な感覚も、少しは紛れるだろうに。地面を凝視しながら、オレは爪先で小石を弾く。

本来ならばいまごろけいとと帰っていたはずなのだ。それなのに数学教師に呼び出され、一人で帰る羽目になってしまった。教師というのはどうしてあんなにも口うるさいのだろうか。まあ確かに、課題を提出しなかった自分も少しは悪かったのかもしれないけど。

黒いアスファルトの表面には幾重にも波紋が広がっている。そこに映る自分の影を、オレは無言で踏み付ける。ブレザーの紺色がぐにゃりと歪んだ。醜い色。

「――別に、そういうつもりで言ったわけじゃないけどさ」

唐突に耳に飛び込んできた声に、オレはハッと顔を上げた。視界に見覚えのある青がよぎる。彼の傘だ。

「けいと、」

脳内で呟いたつもりが、いつのまにか口に出ていた。傘を弾く雨音が自分の浮ついた声を掻き消す。高揚した気分で思わず踏み出していた足は、しかしそこから進まなかった。傘の中の人影が一つでないと気がついたからだ。

「じゃあなんなのよ、アタシを馬鹿にしてんの」

「なんでお前はそうひねくれてんだよ。普通にアレだよ、濡れて帰るのは嫌かと思ったんだよ」

「別にひねくれてないわよ！」

「うわ、耳元で叫ぶなよ」

田村だ。そう認識した瞬間、足が竦んだ。唐突に立ち止まったオレに、追い越していく女子生徒たちが怪訝そうな視線を送る。だが自分にそれを気にする余裕はなかった。雨音がやけにうるさく聞こえる。

彼等は一つの傘に、二人で入っていた。いわゆる相合い傘というやつだ。鮮やかな青色が、この薄暗い世界から二人を切り取っている。背は完全に田村のほうが高いが、二人並んだ姿はなかなか似合いのカップルに見えた。その現実にぞっとする。湿気を含んだ空気の冷たさに、オレは思わず身震いした。

「別にアタシは濡れたって平気だし、走って帰れたし」

「風邪ひくかもしんないだろうが」

「うっさいわね、アタシそんなに身体弱くないわよ！」

「はいはい。とにかく家まで送っていくから」

硬直しているオレの目の前を、黄色の傘がよぎった。それに目移りしている間にも、二人はどんどん先へと進む。オレを置いて、二人で。慌てて追いかけようとするが、足がもつれてうまくいかない。クソッ。苛立ち混じりに小さく呟く。

「あー、もう。アンタと帰るなんて今日は最悪」

「失礼な奴だな、傘入れてやってんだから感謝しろよ」

「なんでアタシが感謝すんのよ。むしろ入ってくれてありがとうって感謝されるべきでしょ」

「いやいや、その理屈はおかしいだろ」

気づかれないようにひっそりと、オレは二人のあとを追う。これじゃまるでストーカーだ。そう思うが、声をかける勇気が出ない。自嘲染みた笑みが口端から零れる。

けいとの言葉を田村は鼻で笑った。

「言っとくけど、アタシはまだアンタのこと許してないから」

「別に許されなきゃならないようなことしてねーし」

「したわよ」

「してない」

「した」

「してねーって」

田村は苛立った様子で舌打ちすると、けいとの脇腹を小突いた。青い傘がぐらりと傾く。表面に溜まっていた雨水が、その拍子にざあと流れた。

「やめろよ濡れるだろ？」

けいとが肩を竦める。拗ねたように田村はそっぽを向いた。

「別にアタシ悪くないし」

「俺だって悪くねーよ」

「違う、アンタが悪い」

少女が僅かに身じろぎする。短く切り揃えられたスカートから、逞しい太股が覗く。

まるで自分をごまかすように、何か言い訳するように、彼女は言葉を吐き捨てた。

「……アンタが、沖君を美術部に誘ったから」

静寂が二人の間をすり抜けた。突如出された自分の名前に、オレの心臓がギクリと跳ねる。

けいとは何も言わず、ただ黙って鞄を肩にかけ直した。その白い指がエナメル質の表面を撫でる。沈黙が恐ろしくて、オレは意味もなく傘の取っ手を持ち替える。

もしかしてオレは異物なのかもしれない。そう思ったことは何度もある。美術部の異物。いないほうがいい存在。けいとと田村、二人の仲を裂く邪魔な奴。オレってさ、ここにいないほうがいいのかな。そう何度も尋ねようと思った。だけど、しなかった。できなかった。お前邪魔だよ。けいとにそう言われたら、多分オレは息ができなくなって死ぬ。

彼に捨てられることが、自分は何よりも恐ろしい。

「またその話？　俺には関係ないって言ってるじゃん」

沈黙のあと、けいとは口を開いた。いつもどおりの、軽い口調で。

「アンタが沖君を美術部に引っ張り込んだんでしょうが」

「あっちが勝手に入るって決めたんだよ」

「沖君はアンタがいるから美術部に入るって言ってた」

「アイツのいつもの冗談だろ」

「違う、冗談じゃない」

歩が速まる。焦れたように、田村が頭を振った。

「なんで分かんないの」

「何が」

「沖君はアンタが好きなのよ」

その真っ直ぐな声は、すぐさま雨音に掻き消された。田村は真剣だった。その指先がスカートの裾を握り締める。皺の寄ったプリーツを眺めながら、オレは無言で二人のあとを追う。彼がなんと答えるのか、そればかりが気になった。拍動する指先が微かに震える。

「知らねぇよ」

けいとは答えた。その苛立ちを示すように、傘が僅かに揺れ動く。

「なんで」

田村は尋ねた。声が興奮で裏返る。

「好きとか嫌いとか、そういうのどうでもいいし」

「どうでもいいなんて言わないで！」

田村の声が通学路に響く。通行人が好奇の視線を彼等に向けた。

「アンタにはどうでもよくても、アタシには大事なの！」

「ちょ、落ち着けよ」

彼は焦った様子で裏道へと曲がった。気づかれないようオレもそのあとに続く。頭に血が上っているのか、田村の歩幅が大きくなった。

「……アンタはどうなの」

「何が」

「沖君のこと、好きなの？」

二人の間に再び沈黙が流れた。青い傘がぐらぐらと揺れる。その端から、彼の肩がはみ出ている。けいとのブレザーは半分だけ濡れていた。

「……言葉にするのは難しいな」

それだけ言って、彼は口をつぐんだ。ほっとしたような、それでいてがっかりしたような、そんな気分。熱いのと冷たいのがない交ぜになった感情が、胸の辺りでぐるぐると渦を巻いている。その不愉快さに、オレは思わず息を吐く。

「もう！」

　行き場を失った感情をぶつけるように、田村は彼の肩を叩いた。乾いているほうだった。

「言いたくないならいいわよ」

「お前はどうなの」

「知ってるくせに聞かないで」

　突き放したような台詞に、けいとが黙り込んだ。田村のローファーが地面を蹴る。

「あーあ、アンタなんか部活に誘わなきゃよかった」

「なんでだよ、泰斗と一緒の部活でよかったろ？」

「全然よくない。何が楽しくてアンタと沖君がいちゃいちゃしてるとこ見なきゃなんないの」

「いちゃいちゃって……すげえ表現だな。普通につるんでるだけだろ」

「普通じゃないわよ！」

「そこまで言うならさ、お前も入ってくればいいだろう？」

「無理よ」

　唐突に、田村が足を止める。慌てた様子でけいともまた立ち止まった。空気が変わる。その様子をオレはただ見ている。ただ、見ているしかない。

「沖君、アタシのこと嫌いだし」

「そんなことねえよ」

「それもこれも全部、アンタのせいだから」

「理不尽だ」

「うっさいばか」

「お前ほど馬鹿じゃねーよ」

「ばかばかばかばか」

「拗ねんなって」

クツリ。けいとが苦笑する声が聞こえる。それがあまりにも優しかったものだから、何故だか逃げ出したくなった。あの場に自分がいないことが無性に嫌だった。心臓が軋む。痛い。

「あ、」

不意に田村が声を落とす。

「アンタ肩濡れてんじゃん」

「本当だ、気づかなかった」

「……嘘、」

「嘘じゃねーって」

「アタシ濡れてないけど?」

「見たら分かる」

「鈍いわね、こっち寄れって意味よ！」

そう叫んで、田村が彼の腕を引っ張った。後ろから見ても彼女の耳が赤いのが分かる。一つの傘の下で、二人の距離が狭まる。水溜まりに鮮やかな青が映り込んだ。

「アタシに気とか遣わないで」

「別に遣ってない」

「濡れても大丈夫だから。アタシでかいし。身体だってアンタより丈夫だし」

「だから遣ってねえって」

「そんなびしょびしょのまま言われても、説得力ないわ」

けいとは反論しなかった。彼の小さな背中が、微かに丸まっている。ばつが悪かったのだろうか。田村はけいとから傘の持ち手を奪い取ると、再び歩み始めた。けいとが慌ててそのあとを追う。

「アンタはアタシを嫌うべきなのよ。こんなサイテーな女」

それが冗談なのか本音なのか、オレには判断がつかなかった。こちらから彼等の顔は見えない。二人の足元から伸びた薄い影が、目の前でぐったりと横たわっている。それは途中で傘と重なり、一つになってしまっていた。

「俺はサイテーとか思ったことねえけど」

「アンタのそういうとこ、嫌だ、苦しくなる」

「お前は自分を嫌いすぎだ。ちょっとは力を抜けよ」

「無理よ」

ひっきりなしに滴が傘からこぼれ落ちている。それは光を反射して、きらきらと瞬いた。

「アタシには、無理」

その声はひどくか細く、あっという間に空気に溶けて消えてしまった。泣きそうだ、とオレは思った。ざあざあざあ。ビニールで隔てられた向こう側から、けたたましく音がする。

雨が降っていた。少年は一歩足を踏み出す。

「お前は嫌いかもしんないけどさ、」

俺は好きだよ、お前のこと。

あっさりと。あまりにもあっさりと、けいとはそう告げた。頭が一瞬で真っ白になる。え、何コレ。もしかして告白してんのいま。混乱しているオレとは対照的に、二人はひどく落ち着いていた。

「……アタシ、アンタのそういうとこ嫌い」

唸るように、田村はそう呟いた。

「知ってる」

けいとは笑った。

「そんなこと、前から知ってる」

それから二人はまるで何事もなかったかのように、再び口論を始めた。しかし先程と違って二人の間に距離はない。青い傘が少年と少女をすっぽりと覆っている。灰色の世界の中、切り取られたその空間だけは鮮やかに色付いていた。

それ以上見ていられなくて、オレは踵を返した。恐ろしいと思った。まるですべてが二人だけで完結しているように見えて。オレの入る余地などないような気がして。だから逃げた。見なかったフリをした。


靴を履き替え、必死でけいとのあとを追う。彼はグラウンドをぼんやりと眺めながら、しかし歩みを緩めることなく先へと進んでいた。運動なんてできませんって顔をしているのに、彼は意外と足が速い。

「け・い・と・くーん！」

そう名前を呼んで、オレはその背中に突っ込んだ。彼がぎょっとした顔でこちらを振り向く。

「俺に触るな近付くな半径十メートル以内に入ってくるな」

「悪かったって、そんな怒んなよ」

　オレは笑って、けいとの頭を軽く叩く。彼はむっとした様子で顔をしかめたが、やがて諦めたように溜め息をついた。

「お前先帰ったんじゃなかったのかよ」

「んーにゃ、帰ろうと思ったけどはっせーとしゃべってたらこんな時間になった。で、けいとを見つけたから追っかけてきたってわけ」

　嘘だ、本当はお前を待ってたんだ。真実が舌の上でひょっこりと顔を出している。だけど、オレは言わない。なんだか照れ臭くて。

「どうせくだらねぇ話してたんだろ」

「くだらなくねえよ。クラスの女子で一番胸がでかい奴は誰かっつう話をだな、」

「くだらねえ、死ね」

「ひっど」

　そう大袈裟に身をのけ反らしたとき、額に何か冷たいものが当たった。雨だ。思わず空を見上げる。煙色をした分厚い雲が、こちらを悠然と見下ろしていた。

「けいと傘持ってる？」

「あ？　持ってねえよ」

「マジかー、オレも持ってねえんだよなー。帰るまでに降らねえよな？」

「知るか。濡れて帰れ」

「いやーん、けいと君ったらホント冷たーい。まあそういうところにマジ痺れちゃうんだけどネッ」

「裏声すんな。ウザイキモイ死ね」

「お前オレに死ね死ね言いすぎだろ！」

「俺が言ってるんじゃねえ。お前が言わせてんだ」

「えっ……なんかいまの台詞ときめいた」

「なんでだよ」

何を考えているのか、けいとは自身のこめかみをぐりぐりと指で刺激していた。その姿がなんだか笑えて、オレは思わず笑みを零す。胸の奥がむず痒くて、口元が勝手ににやけてくる。

けいととといると、とても楽しい。何も考えなくてもいいから、すごく楽。

「オレさあ、けいとといたら超テンション上がるんだけど」

「俺は下がる。だから即刻目の前から消えろ」

「やっぱりこれってアレかなあ、オレがお前のこと好きだからかなあ」

「知らねえよ馬鹿」

「もしお前が超絶美少女でＩカップで優しかったら、絶対告白してたわー」

「それもう別人だろ。そんな女いたら俺でも告白するわ……っつーかIとかお前夢見すぎだろ、現実見ろよ」

「馬鹿野郎！　男は夢見てなんぼだろ！」

「お前ホント馬鹿だな……馬鹿だ」

「二回言うなよ！　っつーかその哀れむ目はやめて！」

二人並んで正門を抜ける。周りを歩く女子生徒たちがちらちらとこちらを見てくる。いつものことだけど、鬱陶しい。欠伸を噛み殺していると、けいとがじっとオレの顔を見つめていた。なんだか気恥ずかしくなって、視線を逸らす。

「……こんな奴のどこがいいんだか」

彼はそう溜め息混じりに呟いた。

「そりゃやっぱ顔だろ顔。あと身長」

「お前さ、そういうの自分で言うなよ。中身が好きって思ってる女子もいるかもしんねえだろ？」

けいとは少し怒っているようだった。オレは苦笑し、首を横に振る。

「いねぇよ、いるわけねぇじゃん」

「なんで」

「内面とか、見せたことないから。知らねえもんを好きになるのは無理だろ？」

「お前が見せてないって思ってるだけじゃねえの」

なるほど、その発想はなかった。オレは思わず笑ってしまった。するとけいとはますます不機嫌そうに顔をしかめる。慌ててオレは彼をなだめにかかる。

「確かに。けいとの前だと素だもんなあー」

「これが素なのかよ……引くわ」

「そういうリアクションやめて！　傷付く！」

乗ってきたということは、怒ってはいないということだろう。安堵して思わず口元を緩めたら、何故か足を踏まれた。靴の上からじゃ全然痛くないけれど、それでもオレは大袈裟に反応してみせる。

「痛い！　マジ痛い！」

けいとはじっと自身の靴を見たまま、足を離した。どういうわけか、彼はこちらの顔を見ない。

「なんだよ、なんか怒ってんのか？」

「別に」

「そのリアクションは完全に怒ってんな！　それともアレか？　人を踏み付けることに快感を覚えるようになったのか？　よっ、どＳ！」

そこまでまくし立てると、やっとのことで彼は顔を上げた。その黒い瞳に自分の顔が映っていることに、オレはひどく満足した。

「お前マジで一回死ね」

「うわ、お前いまスゲェ顔してんぞ。人殺しの目だ」

「お前なら殺しても許される気がする」

「許されねえから！　それ、犯罪だから！　分かったよ、謝るからその顔やめて！」

「ほら、そこに這いつくばれよ」

「やっぱSに目覚めてんじゃねえか！」

そうオレが叫んだとき、聞き覚えのある声が会話に割り込んできた。

「――フフ、相変わらずだね。沖君」

「里沙子？」

思わず、オレは息を呑んでいた。彼女の顔を見た瞬間、罪悪感と焦燥感がひたひたと胸に込み上がってきた。消えたと思い込んでいた過去の記憶が、脳裏にフラッシュバックする。

里沙子は柔らかに微笑むと、けいとに視線を走らせた。値踏みするように、その瞳が細くなる。何かを考える前に、オレは彼の前に身体を滑らせていた。少女が僅かに口元を歪ませる。すべてお見通しとでも言わんばかりに。

「……誰？」

けいとが尋ねる。その声は、僅かに硬かった。

「元カノだよ。いまは……何高だったっけ？」

「西高だよ。制服見たら分かるでしょ？」

「あ、そうだったな。西高だ西高」

「ひどーい、ちゃんと覚えててよ」

冗談っぽくそう言って、里沙子はオレの袖の裾を引っ張った。不満があるときの彼女の癖だ。笑みを形取った仮面の下で、少女は刃を研ぎ澄ませている。ほかの奴らには見えない刃。それがオレの喉笛を掻き切ってしまうのではないか。そんなくだらない思考がオレの頭を支配する。

泰斗、そう名を呼ぶ声が聞こえた気がして、オレはハッとしてその声の主を見下ろした。居心地悪そうに、けいとがこちらを見ていた。思わず安堵の息を吐く。そこでオレは自身が息を止めていたことに気がついた。

「あぁ、悪い」

オレはそう言って肩を竦めた。多分、けいとは先に帰らせてほしいのだと思う。彼は重度の人見知りだから、きっとこんな状況に堪えられない。しかし、オレはその無言の主張に気づかないフリをした。里沙子と二人きりになるのだけは勘弁してほしかった。できれば自然な流れで、けいとと一緒にオレも帰ってしまいたい。

「コイツ、オレの親友。宮澤けいとっつうんだ」

けいとの眉間に皺が寄る。明らかに不満げだった。しかし彼は律儀にも里沙子へ会釈する。よろしくね、と彼女も人受けのいい笑みを浮かべた。

「なんかいままでの友達と感じ違うね」

「はっせーみたいなのがよかった？」

「そういうつもりで言ったわけじゃないって」

里沙子が首を振る。けいとが居心地悪そうに身じろぎしたのが分かった。慌ててオレは話題を変える。

「で、どうしたの？　わざわざオレに会いに来たとか？」

「違う違う。たまたま見かけたから、声かけただけ」

「ふうん。……そういや吉村とはどうなったの？」

「もうとっくの昔に別れてるよ。ソレ中学のときの話じゃん」

「そうだっけ？」

「沖君ったら本当に私に興味ないいんだね」

「怒んなよ」

「怒ってないよ、別に。……ねえ、宮澤君。沖君って高校でも相変わらずこんな感じなの？」

「え」

いきなり話を振られ、けいとは言葉を詰まらせた。主導権を向こうに握られないよう、オレは笑って言葉を流す。

「コイツ人見知りだからさ」

「あ、そうなんだ。ゴメンね、楽しそうなとこ邪魔しちゃって」

「い、いや……別に……」

彼女は申し訳なさを繕い、静かに目を伏せる。里沙子ほど他人の気配に敏感な人間ならば、それくらい気づかないはずがないのだ。なのにわざわざけいとに構うのは、多分オレへの嫌がらせだ。早くコイツを退けろ。そういう、無言の訴え。

「二人ってどういう関係なの？」

「同じ部活の友達なんだよ」

な？　と返事を求めると、けいとは素直に頷いた。

「いまはなんの部活に入ってるの？」

「ん？　美術部だけど」

「ええ！　沖君絵描くの超下手じゃん」

「別にいいだろ？　オレは鑑賞専門なんだ」

「そういう系の部活、絶対向いてないよー。ね、宮澤君もそう思わない？」

小首を傾げ、里沙子は同意を求めるようにけいとの顔を覗き込む。その大きな瞳が一瞬だけこちらに向けられた。そこに込められていたのは、明確な苛立ち。その迫力に気圧され、オレは僅かに後ずさりしていた。

しかしけいとはそれとは逆に、真っ直ぐに里沙子の顔を見た。平均身長を下回る彼の背丈は、里沙子のそれとほとんど変わらない。

「絵はまあ下手だけど、やる気はあるから。結構向いてると、思う」

けいとに褒められた！　こんな状況にもかかわらず、馬鹿みたいに嬉しくなって、オレは胸を張った。

「だろう？」

「へー、沖君も頑張ってるんだね」

彼女はそこで言葉を切り、オレのほうを見やった。そろそろ本題ということか。

「二人はいま彼女とかいるの？」

「いきなり話変わったな」

「そう？」

白々しく、彼女は小首を傾げる。

「宮澤君とか年上の人にモテるでしょ？　なんか守ってあげたくなる感じだよねー。小さいし、なんと言うか……可愛い系？」

「モテねえよな、けいとは」

「うるさい」

「それにコイツ重度のシスコンだし。彼女とか絶対できないタイプ」

「お姉さん好きなんだー」

姉のことを持ち出されるのは嫌らしい。慌てたように彼はオレへと照準をずらす。

「そんなことよりお前の話しろよ」

「オレ？　オレは相変わらず超モテモテだな」

「うっざ。そこはもうちょい謙虚になれよ」

「だって事実だし」

「あーあ、お前滅びればいいのに」

「フッハッハ、男の嫉妬は醜いぜ」

「――沖君、いま彼女いるの？」

会話に割り込むように、里沙子が口を開く。どうやらごまかされてはくれないらしい。オレは顔に笑みを貼り付けて、彼女を見下ろした。

「いねえよ。残念ながらいまはフリー」

「好きな子は？」

「好きな子ねえ……んー、そうだな。けいとかな！」

オレはそう言ってけいとの肩を抱き寄せた。その足を思いっ切り踏み付けられる。

「いった！」

「お前なあ、こういう質問は茶化すなよ」

「ヒドイわ！　けいとったら私の気持ちを疑ってるのネッ！」

「その声やめろ、とりあえず死ね」

「とりあえず⁉」

いつもの寸劇を披露するも、それでは許してくれなかったらしい。彼女は諦めたように溜め息をつくと、単刀直入に言い放った。

「ごめんね宮澤君、ちょっと沖君と大切な話があるから。二人にしてもらっていい？」

とんだ実力行使だ。マジかよ。いままでのオレの粘りはなんだったんだ。そう思ったが、オレはもちろん口にはしない。里沙子との会話は常に駆け引きだ。弱みを見せれば、すぐ負ける。

けいとは苦笑して頷いた。多分彼の目に、里沙子はただの美少女としか映っていないに違いない。羨ましい。オレだってそう思いたい。

「あ、あとね、」

里沙子はそう言って、服の上からけいとの腕を掴んだ。

「死ねとかそういうの、あんまり言わないほうがいいと思う」

「あ……うん」

「じゃあ宮澤君、またね」

そう言って勝手に別れを切り出す。里沙子は愛らしい動作でひらひらと手を振った。

巻き込んですまん、そんな気持ちも込めて、オレは手を合わせた。ごめん。唇だけを
動かして言葉を紡ぐ。けいとは諦めたような笑みを見せ、肩を竦めた。

「また明日な、けいと」

「あぁ」

彼は普段より少し速い足取りで、先へと進んだ。そのままいつもより一つ早い曲が
り角で姿を消す。よっぽど帰りたかったのだろう。オレだってそうしたい。

「なんか、地味な子だね。あの子のどこがいいの?」

けいとがいなくなるなり、少女は森里沙子という仮面をかなぐり捨てた。柔和な線
を描いていた唇が、意地悪く歪む。

「お前に教える必要はないだろ?」

「えー、私的にははっせーのほうがよかったなー。並ぶと絵になってたのに」

「相変わらず面食いだな、お前」

「別に面食いとかそんなんじゃないよ。ただイケメン同士がつるんでるほうがよくな

い？」

「別に顔がよくても性格悪かったら意味ねぇし」

「あ、ソレ泰斗のこと？　はは、自覚あったんだ」

「うっせーよ」

二人きりでいるとき、彼女はコロコロと表情を変える。普段の里沙子はまるでよく出来た人形みたいに、微笑しか浮かべない。それは多分癖みたいなもので、親友の田村の前ですらその表情を剥がすことは滅多にない。

オレたち二人の交際が二年も続いたのは、多分これが理由なんだと思う。常に自分を偽っているという点で、オレたちは似た者同士だった。だから深く理解し合えたし、孤独を慰め合うことができた。恋愛感情よりももっと生臭い絆(きずな)で、オレたちは確かに結ばれていた。

「でもはっせー言ってたよ？　せっかく同じ学校なのに、泰斗が全然構ってくれないって」

「別にアイツのことはどうでもいいだろ。それよりなんの用だったんだ？」

「何が？」

「わざわざオレに会いに来た理由だよ」

「さっき言ったでしょ？　偶然だよ、偶然」

「本当かよ、怪しいな」

「まあでも、会えてラッキーとは思ってるけど？」

　そう言って、里沙子は口端を吊り上げた。その華奢な指が、オレの腕を掴む。

「ねえ、聞かないの？」

「何が」

「私に彼氏がいるかどうか」

「聞いてほしいのか？」

「うん、聞いて」

　里沙子はとても面倒な女だ。しかもその一言は無邪気なわがままでは決してなく、こちらを攪乱（かくらん）するための罠（わな）なのだ。付き合っていたころ、オレたちの会話はほとんどが心理戦だった。互いが互いのペースに持ち込もうと手を尽くしていた。しかもとても残念なことに、そういったやり取りがオレは嫌いではなかった。

「いま、彼氏いる？」

　ご要望にお応えしたオレに、里沙子は満足そうに頷いた。

「いるよ。一つ上の先輩」

「オレと別れてからもう何人目だっけ。二人目？」

「これで三人目」

「マジか。今回はどんくらい続くだろうな。一週間？　二週間？」

「今度は一カ月は持つよ」

「ないない」

「ひどーい」

里沙子は不満そうに頬を膨らました。しかし反論はしない。自分でもそうなると分かっているからだろう。

「でもさ、私がすぐ別れちゃうのって泰斗のせいだから」

「なんでオレなんだよ。単純に性格悪いのがバレるからじゃないの？」

「失礼だなー、私スッゴくいい子だよ？　それに、バレるほど長く付き合ってないし」

矛盾する台詞を吐いて、里沙子は笑った。泰斗のせいだよ、と同じ言葉を繰り返す。

「付き合ってるとさ、泰斗と較べちゃうの。泰斗ならこうしてくれるのに、ああしてくれるのにって思っちゃう。それが堪えられなくなって、いつも別れちゃうの」

「お前オレを美化しすぎなんじゃね？」

「そうかもね。実際の泰斗なんてただのクズだし」

「ひでえ」

「本当のことだもん」

彼女はそう言って、静かに目を伏せた。まるで自嘲するみたいに、その口端が持ち上がる。

「でも、好きだったから」

唇から紡がれた声は、静寂を引き連れ二人の間にぽたりと落ちた。アスファルトに、小さな染みができる。ぽつり、ぽつり。堪え切れなくなった涙が、俯いている雲から溢れた。

「雨だ、」

オレは言った。里沙子は何も言わなかった。静寂が鼓膜に張り付いて、わんわんと鳴いている。いまなら引き返せる。この話はやめよう。縋るように、オレはもう一度繰り返した。雨だ。

沈黙の世界の中で、里沙子の息を吐く音が聞こえた。

「泰斗、いま好きな人はいる？」

その声は恐ろしく静かで、だからオレは眉間に皺を寄せた。もし里沙子がただの猫かぶり女だったら。多分、オレはそこまで苦しむことはなかった。なのに彼女はときおり本音を覗かせるから、純粋で脆い素の自分を見せるから。だから、キツイ。真っ直ぐな好意は鎖となって、オレの心臓に巻き付いて離れない。

「いるよ」

言葉をペンチ代わりにして、オレはその鎖を断ち切っていく。一切の容赦なく。自身の心臓が悲鳴を上げ、だけど聞こえないフリをする。心臓が、軋む。嫌な音を立てて、鎖が切り落とされる。

里沙子は僅かに顔を歪めた。いつもは感情を映さない瞳が、この日だけは雄弁に彼女の気持ちを示していた。その表情を見るのが何よりも嫌だった。だから、早く帰りたかったのに。

「好きな奴、いるんだ。……ゴメン」

オレは息を吐いた。そこには言葉が混じっていた。生温い空気の中に、オレの息が溶けていく。彼女は俯いた。そう。短く落とされる声。

「分かった」

「ゴメン」

「いいよ」

「本当ゴメン」

「泰斗、」

「ゴメン」

「もういいから」

里沙子がオレの手を取った。掠れた声で、彼女は繰り返す。もういいの。その表情は、前髪に隠れて見えなかった。

「好きになれなくて、本当ゴメン」

肺から声を吐き出す。振り絞ったその言葉は、意外にもしっかりと空気に響いた。

里沙子は俯いたままだった。雨粒の数が多くなる。アスファルトにできたまばらな染みが、次第に黒へと塗り潰されていく。

「もし、」

彼女はそこで顔を上げた。その瞳には、馬鹿みたいにしかめっ面したガキが一匹映っていた。

「もし泰斗以外がそれを言ったら、はったおしてたよ。馬鹿にしてんのかって」

「……はったおされなくてよかった」

笑い混じりにオレは言った。そうだね、と彼女も笑った。その笑顔はあまりに自然で、だからオレは目を逸らした。

「雨だね」

里沙子はそう言って天を仰いだ。

「泰斗傘持ってるの？」

「持ってねえよ」

「じゃあ早く帰らなきゃ、濡れちゃうよ」

「お前は？」

「私は持ってる」

そう言って、彼女は鞄の中から折り畳み傘を取り出してみせた。

ピンクの水玉模様。オレが買ってあげたものだった。

「入れてあげないから」

里沙子は口端を持ち上げる。まるで悪戯する子供みたいに、楽しげに。

「なんだよ、ケチだな」

「だって泰斗おっきいんだもん。私、はみ出しちゃうじゃん。まったく、図体ばっかり大きくなっちゃって」

「うっせ」

「ちゃんと勉強しなきゃダメだよ？　高校は留年とかあるんだから」

「分かってるよ」

何事もなかったかのように、会話が滑り落ちていく。里沙子は微笑を貼り付けたまま、オレの手をぎゅっと握った。数秒にも満たないうちに、その小さな指はオレから離れていった。手のひらに食い込んだ感触は多分、彼女の本音の残滓だった。

「またメールするから」

「おう」

「彼氏といちゃいちゃしてる画像、送り付けてやるから」

「それはすごい嫌がらせだな」

「後悔したらいいよ、私みたいなレベル高い子絶対いないんだから」

「……お前昨日あのドラマ見たろ。なんか主人公がガリ勉のくせにやたらモテるドラマ」

「見たよ？　バレた？」

「台詞まんまだしな、そりゃ分かる」

「なんだ、泰斗も見てたんだ」

雨足はどんどん強くなっていた。里沙子が傘をさす。ビニールに弾かれ、水滴が軽快な音を立てる。

「……雨、降ってるよ」

「知ってる」

「早く帰りなよ」

「駅まで送ってく」

「いいよ、いらない」

彼女は小さく首を横に振った。

「一人で帰れる」

「そっか」

「うん」

かけるべき言葉を見失って、オレは頬を掻いた。

「じゃ、帰るわ」

「うん」

「またな」

「風邪ひかないようにね」

「馬鹿だしひかねぇよ」

「そうだね」

「おい」

笑いながら、オレは手を振った。里沙子もまた手を振り返す。

「んじゃ、また」

「うん、またね」

一目散に、オレは駆け出す。振り返ったら負けな気がして、だから真っ直ぐに駅へと向かった。

ざあざあ。雨の勢いは、増すばかりだった。

「田村ってさ、好きな奴いるの？」

中三の冬。塾の帰り道で、長谷川は唐突にそう聞いてきた。いや、唐突というのは嘘か。彼が田村に好意を持っているのはバスケ部内では有名な話だった。田村はそういう話に極端に鈍いから、全然気づいていなかったけれど。

「それ、聞いてどうするの？」

隣にいた里沙子が首を傾げた。その小さな唇から、真っ白な息が吐き出される。

里沙子と長谷川とオレ。このころは皆同じ塾に通っていたから、三人で一緒に帰るのも特に珍しいことではなかった。客観的に見て、相性がいいトリオだったとは口が裂けても言えないが。

「いやいや、単純に気になっただけだよ。森さんって田村と仲いいじゃん。教えてよ」

「私たち、仲よく見える？」

「見える見える」

その言葉に里沙子は少し機嫌をよくしたみたいだった。口角を僅かに持ち上げると、ちらりとこちらに視線を送る。

「どう思う？　言ったほうがいいかな？」

「里沙子の好きなようにすればいいんじゃない？」

「なんだその余裕！　まさか沖、お前も知ってんのか」

「何が？」

「田村の好きな奴だよ！」

オレは肩を竦め、曖昧な笑みを零した。里沙子がむっと唇を尖らす。彼女の真っ白な手が、オレのコートの裾を握った。

「はっせー、必死すぎてなんかいや」

「里沙子がドン引きしてるぞ。お前がっつきすぎなんだよ」

「それぐらい本気なんだよ俺は」

本気ねぇ、と里沙子が呟く。柔和に見えるその瞳が僅かに細められた。外灯が少女の横顔を照らす。寒いな、とオレは思った。今日はいやに寒い。

「夏美に好きな人なんていないよ」

里沙子は答えた。長谷川の表情があからさまに安堵で緩む。鼻の頭を赤くしたまま、彼はポケットに手を突っ込んだ。あ、そうなの？　拍子抜けした様子で彼は息を吐き出す。

「だいたい、なんでいきなりそんなこと言い出したんだ？　アイツが部活一筋なのは有名な話だろ？」

「いや噂聞いたから」

「噂って？」

無邪気さを装って里沙子が尋ねる。その手に力が入ったのが分かった。多分、彼女は相当に苛立っている。艶のある黒髪がさらりと揺れた。

「最近田村に好きな奴ができたってさ」

「いるわけないでしょ。はっせーったらテキトーなこと言わないでよ。もしできたら絶対私に言ってくれるもん。私たち親友なんだから」

「まあまあ、落ち着けよ」

慌ててなだめにかかるが、里沙子の苛々は収まらないようだった。彼女は笑顔を崩さないまま、長谷川へと視線を送る。

「だいたいね、はっせーに夏美は無理だよ」

「なんで」

「あの子難しいから」

ガード固いんだよ、と里沙子は言った。

「好きって言っても信じてくんないの」

「言ったことあんの？」

長谷川の質問に、彼女は素直に頷く。

「あるよ。会うたびに言ってる」

私、夏美のことが死ぬほど好きだから。はにかんだ笑みを浮かべる里沙子に、長谷川が複雑な表情を浮かべてこちらを見た。多分オレのことを気にしているのだ。

「何か言いたいことあんの?」

「いや、彼氏的にはそれでいいのかと思って」

「いつものことだからな」

おどけた調子を装って、オレは肩を竦めた。里沙子の田村贔屓はいまに始まったことではない。

フェンス越しの世界にオレは視線を送る。趣味の悪い色をした電車が、不愉快な音を喚(わめ)き散らしながら三人の隣を通り過ぎた。声が風に掻き消され、皆が一斉に黙り込む。

夏美はね、他人を信用してないの。

唐突に、里沙子の言葉を思い出す。あれはいつ言われたものだっただろうか。その情景はまったく思い浮かばないのに、里沙子の声ばかりが脳内に反響する。

夏美は他人を信じてない。と言うか、他人が自分に向ける好意を信じてないの。いつも切り捨てられることばっかり考えてて、肝心なところで他人を拒否する。

なんか似てるよね、泰斗と夏美って。

いやいや、全然似てないだろ。確かあのとき自分はそう答えた。里沙子はそれからなんと言っていたのだろうか。覚えていない。何か恐ろしいことを言われたような気がするけれど。

「もし夏美に彼氏ができたらさ、」

里沙子が口を開く。夜道は暗く、それでいて静かだ。響く声は柔らかく、なのにどこか冷たさを孕(はら)んでいる。

「そしたら多分、私を一番にはしてくれないだろうな」

少女の手が、オレの手を取った。柔らかな感触が皮膚に食い込む。なんて華奢なんだろうと、里沙子に触れるたびに思う。彼女の手はとても冷たい。オレが知っている中で、一番。

「友達なんかより彼氏のほうが大事になっちゃうもんね」

「女子ってそういうもんなの？」

長谷川が無邪気に首を傾げる。里沙子は笑った。

「そういうもんなの」

そう言って、彼女はこちらを見た。縛るように、縋るように。

「だって、私もそうだもん」

あの瞬間、オレははたと気づいてしまった。自分と彼女の温度差、どうしようもないその隔たりに。好意が重いと感じたそのときから、オレは里沙子といるのが苦痛になった。彼女は何も変わっていなかったのに。オレだけが一人、変わってしまった。オレだけが。


　ずぶ濡れのまま家へと飛び込む。進むたびにフローリングに水溜まりを作るオレを迎え入れたのは、迷惑そうにこちらを見る兄貴の声だった。

「うっわ、巨神兵が帰ってきた。っつーかなんでお前そんな濡れてんの？　水浴びが趣味なの？」

「うっせーよ。風呂沸いてる？」

「親父がいま入ってる」

「マジかよ。お袋は？」

「美智子さんは今日夜勤」

「そうだったたっけ？」

「そんなことはどうでもいいから、まず髪拭けよ」

「分かってるよ」

　唸るように返事して、オレは棚に詰まっていたタオルを引っ掴む。一枚を床に投げ落とし、いままでの通路を辿る。足で拭こうが手で拭こうが結果は同じだ。かつての親父の素晴らしいお言葉に従って、オレは足先でフローリングの水分を拭き取った。

その間、手は自分の髪を拭くのに忙しい。

「お前天気予報見なかったのか？」

「見たけど忘れたんだよ」

「馬鹿だなー、お兄ちゃんはお前の学力がとっても心配だー」

「うっせえな」

痛いところを突かれ、オレはややむっとした。意趣返しと言わんばかりに言い返してやる。

「オレは大学生にもなって彼女一人できないお兄ちゃんのほうが心配だー」

「フッ、高学歴男を舐めるなよ。すぐに彼女の一人や二人……」

「それ高校入ったときも聞いたなー」

「うるさいな、俺はお前みたいにチャラくないんだよ」

「あーあ、お兄ちゃん可哀相。二十歳にもなって童貞だなんて……」

「それ以上口を開いたら訴訟も辞さない」

「ソレどんな脅しだよ」

ケラケラと笑いながら馬鹿な会話を繰り広げていると、背後から温い空気が流れ込んでくるのを感じた。振り返ると、風呂上がりの正彦(まさひこ)さんがそこに立っていた。近くで見ると、白い肌が仄(ほの)かに蒸気しているのが分かる。眼鏡のレンズが少し曇っているのが、なんか笑えた。

「おや、泰斗君。帰ってきてたんですか」

「あ、うん。たったいまって感じっすけど」

「親父待ちだったんだぜ？　コイツびしょびしょで帰ってきたからさ、風呂入らせてやって」

兄貴がソファーから身を起こす。その手にあったのは、科学の参考書だった。あんな暗号文、よく読んでいられるなと、少し呆れる。

「あぁ、それはすみません。気づかなくて」

「いやいや、全然大丈夫っすよ」

申し訳なさそうに言われ、慌ててオレは笑みを作る。正彦さんのこういうところ、親父とは正反対だ。

「今日は美智子さんが仕事なので、ご飯は三人で食べましょう。肉じゃがでよかったですか？」

「もちろんっす。オレ正彦さんの料理大好きなんで」

「まあ美智子さんよりは親父のほうが料理上手いしな」

「兄貴、それお袋に言ったらぶちギレられっぞ、本人気にしてんだから」

「マジか」

「はいはい、冗談はそこまでですよ。泰斗君は風邪をひく前に早くお風呂に入ってくださいね」

「あ、はい」

正彦さんは穏やかな微笑を浮かべると、そのままキッチンに向かった。父親がいなくなったのを見計らい、兄貴がこちらへと身を乗り出す。

「お前の高校に可愛い子いないの？　紹介してよ」

「やっぱ兄貴彼女いないの気にしてんの？　さっきのは冗談だって。別にいいじゃん彼女いなくても」

「モテるお前には分からないんだよ……モテない男の悲しみがな」

フッ、と彼は嘆きに満ちたポーズを取った。何をカッコつけているのだか。

「オレだっていま彼女いないし」

「いいじゃん、お前にはけいと君いるし」

「何がいいんだかさっぱり分かんねーよ。それとこれとは別の話だろ」

「いまのお前に必要なのは彼女じゃないってことだよ。俺には至急必要だけどな！」

「どんだけ彼女欲しいんだよ」

思わず噴き出してしまった。しかし兄貴は真面目な顔を繕ってこちらを見ている。

いつまで続くんだこの会話。

「兄貴、冷静に考えてくれ。女の子紹介するのは簡単だけど、オレの周りにいる奴、馬鹿ばっかりだぜ？　付き合って堪えられるか？」

「ハッ！　確かに、類は友を呼ぶと言うからな……いくら可愛くてもお前みたいに騒がしい女はちょっと……」

「せっかく頭いい大学入ったんだからさ、頭いい子と付き合いなよ。出会いならあるだろ？」

「それがな、理工学部に女子はほとんどいない！」

「あぁ……どんまい」

オレは慰めるように兄貴の肩を叩くと、そのまま浴室へと向かった。

だからあれほどテニスサークルに入れと言ったのだ。ロボット研究会なんて野郎だらけのところに入ったら、サークルでも出会いがないに決まっている。そんなことを考えながら、生乾きのシャツを洗濯機に突っ込む。

浴室に入り、シャワーを浴びる。熱湯が身体に降り注ぐ。冷えていたのか、肌の表面がじんじんと疼いた。シャンプーで髪を豪快に洗いながら、オレはふとどうでもいいことを思い出す。

初めてオレが正彦さんを紹介されたのは、親父の葬儀が済んだ三日後のことだった。

今日からここに住むのよ。お袋に連れられてやってきたこのマンションは、オレたちにとって他人の家のはずだった。なのにお袋はこの家にすっかり溶け込んでいた。お袋がいて初めて、この空間は完成する。そんな気すらした。彼女がなんの迷いもなくカレー皿を取り出しているのを見て、まだ八歳だったオレもなんとなく悟ってしまった。母親がたびたび帰ってこなかったのは、これが理由だったのか、と。

親父はとても厳しい奴だった。オレたちに対してではなく、自分に対して。彼はオレにもお袋にも構わず、狂ったように仕事をしていた。オレにとって親父は未知の領域で、学校の先生よりも遠い存在だった。授業参観にだって、運動会にだって、一度も来てくれたことはなかった。

親父はいつも帰宅すると、書斎に引きこもって仕事をしていた。扉を少し開けてその中を覗き込むのが、幼いオレの日課だった。親父は書斎に入ってはいけないと言った。だからオレはそれを守った。オレはいい子だったのだ。

親父はひょろひょろのガリガリで、なのに背だけは異様に高かった。書斎にはいつもキーボードを叩く音が響いていて、オレはお袋がいないときには、ずっとそれを聞いていていた。親父だってオレが見ていると絶対に気づいていたはずなのに、決して扉の鍵を閉めたりはしなかった。親父の大きな背中は、いつも小さく丸まっていた。

オレが小学生になったぐらいから、お袋は週に三、四日しか家に帰ってこなくなった。テーブルの上には食事が置いてあったから、オレはいつもそれをレンジで温めて一人で食べた。親父はそれでも仕事ばかりしていた。お母さんが帰ってこないのは、お父さんのせいだ。いつしかオレはそんなふうに考えるようになった。お父さんなんて消えちゃえ。そのころのオレはそればかり思っていた。

次第に料理すらテーブルに並ばなくなり、買ってきた弁当が置かれるようになった。正直言って、お袋の作る飯より出来合いの弁当のほうがよっぽど美味い。だけどオレはお袋の飯がよかった。一人で食事をするのは、とても寂しい。

ついには親父の分のご飯をお袋は用意しなくなった。弁当を一人分買おうが二人分買おうが、かかる手間は一緒なはずなのに。父さんと母さんは喧嘩中なのかな、とオレは悲しい気持ちになった。

親父はいつも書斎で食事をする。ご飯がなかったら困るに違いない。そう考えたオレは、親父におにぎりを作ってあげた。オレが普段から三つおにぎりを食べていたから、親父には六つ作ってあげた。大人は大きいから子供の二倍は食べる。と、あのころのオレは本気で思っていた。べちゃべちゃで汚いおにぎりを六つ、皿の上に並べておいた。

次の日、皿の上のおにぎりは三つだけなくなっていた。親父は細いから少食だったに違いない。オレは親父がおにぎりを食べてくれたことが嬉しくて、それ以上のことを考えなかった。余ったおにぎりは自分で食べた。だけど塩辛くて水っぽくて、食べられたもんじゃなかった。一個と半分だけ食べて、あとは捨てた。こんなのを食べるなんて、お父さんはすごくお腹が空いてたんだなあ。馬鹿なオレは何も分かっていなかった。

「ふうん、おにぎりねえ」

けいとの家に泊まりに行った日、オレは生まれて初めて他人に親父の話をした。彼の部屋に布団を二つ並べて、横になって、何も考えずに言葉を紡いだ。修学旅行で女子が恋バナをするみたいな、そんなノリだった。

けいとの家は二人暮らしにしてはとても広かった。お姉さんは化粧品会社のお偉いさんらしく、なんだか出来すぎる女って感じがした。父親と母親は捨てたの。ごみ箱にポイ。お姉さんの言い方が少し面白くて、オレは笑った。けいとは心配そうに彼女を見ていた。二人にとって両親は、あまりいいものではないらしかった。

「お前の父さん、不器用な人だったんだな」

「不器用っつーか、多分接し方が分かんなかったんだと思う」

「正彦さんとは真逆か」

「あの人の対人スキル半端ないしな。本当真逆」

けいとはよくオレの家に遊びに来る。そのため、家族全員と面識があった。兄貴は何故かけいとのことをすごく気に入って、彼が来るたびに自分の大学にスカウトしていた。そのたびにけいとは、学力が足りないんで、と柔らかく断っていた。けいとによると、兄貴の大学は偏差値がすごく高いらしい。偏差値がなんなのかオレはちゃんと理解してないけれど、彼がとてつもなく賢いということだけは知っていた。

「おにぎりさ、三つしか食べなかったんだよな？　お前の父さん」

けいとが僅かに身を起こす。布団が擦れ、微かに音を立てた。

「そうそう、ガリガリだったから食い切れなかったっぽい」

「それさ、お前の分だったんじゃね？」

「え？」

「半分、残してくれてたんじゃねーの。お前のために」

いや、よく分かんねーけど。彼はそう言って、布団に突っ伏した。白いシーツに皺が寄る。

「……その発想はなかったわ」

「あ、そう」

「そっか……そうかもなあ」

本当の理由はどちらだったのか。いまとなっては分からない。ただけいとが言った理由だと思うほうがなんだか素敵だと思った。

「オレさ、けいとのこと好きだ。マジで」

「知らねえよ馬鹿」

「オレたちずっと友達だよな？」

オレの問い掛けに、けいとは口をぱっかりと開けた。呆れているみたいだった。

「お前、結構くせぇんだな」

「初めて言われた」

「俺は何度も思ってたぜ？」

彼はそう言ってニヤリと笑った。


小学二年生の夏休み、その日もお袋は家にいなかった。オレはソファーの上で横になって、ゲームをしていた。ポケットサイズのモンスターを育てるゲーム。お袋が買ってくれたものだった。

「母さんはいないのか」

リビングに響いた声にぎょっとする。振り返ると、親父がそこに立っていた。パリッとした白いシャツに、グレーのスーツ。いつものようにしかめっ面した彼は、しかしいつもと違ってオレの隣へと腰かけた。オレはびっくりして、金魚みたいに口をぱくぱくと動かした。声が出てこなかったのだ。

「お前は何をしてるんだ」

親父は真っ黒なテレビ画面を見つめたまま、そう尋ねた。オレは慌ててゲームの電源を落とす。せっかく親父がここにいるのに、こんなものに時間を割きたくなかった。

「ゲームしてたんだ」

「面白いか」

「うん」

「そうか」

親父は画面から目を離さない。そこには何も映っていないのに、こちらを見てくればいいのに。しかしそれを言葉にはできず、オレは目を伏せる。

「今日は仕事しないの？」

「あぁ、もういいんだ」

「今日はお休み？」

「いや、本当は休みじゃなかったんだが……休んだ」

「じゃあずる休みだね」

「まあ、そういうことだ」

「お父さんがお休みなの、初めて見た」

「俺も初めて休んだ」

　そうなんだ、とオレは相槌を打った。楽しかった。親父と会話しているという現実に、オレは舞い上がっていた。

「お仕事楽しい？」

「いや、楽しくはない」

「楽しくないのにお休みしないの？　どうして？」

　そこで初めて、親父はオレのほうを見下ろした。レンズ越しの瞳は、随分と柔らかだった。暖かい色。そう思った瞬間、オレは何故だか無性に泣きたくなった。親父の目を見たのは、そのときが初めてだった。

「お前はマグロという魚を知ってるか？」

「知ってるよ。赤くておいしいやつでしょ？」

「俺はマグロなんだ。だから休めない」

「ちがうよ、お父さんは人間だよ」

「そう見えてるだけだ」

　親父はそう言って唇を僅かに歪めた。この人、笑えるんだ。そんなことを思った。

「お前、したいことはあるか？」

「したいこと？」

「そうだ、なんでもいい。今日はどこでも連れていってやる」

「本当に？」

「あぁ」

親父と行きたいところなんて、数え切れないほどあった。遊園地、動物園、水族館、映画館……。お袋とは何度も行った。だけど親父とはどれも行ったことがない。だが、初めての二人でのお出かけだ。そう考えると、全部が全部相応しくない気がした。

「……スーパー行きたい」

「スーパー？」

意外だったのか、親父が聞き返してくる。

「一緒にご飯作ろうよ。で、一緒に食べよう」

「それでいいのか」

「うん。一緒に買い物しよう」

「分かった」

親父は真面目な顔をして頷いた。それが何故だかおかしくて、オレは思わず笑ってしまった。

メニューはパスタにしよう。どうして？　俺はパスタしか作れない。お父さん料理できないの？　できないわけではない、やらないだけだ。オレはちょっとだけならできるよ。なにが作れるんだ。卵焼き。すごいな、母さんも作れないのに。テレビでやってたんだ、いっぱい練習した。じゃあ今日はパスタに卵焼きもつけよう。えー、それおかしいよ。そうか？　うん、だってパスタってワショクじゃないじゃん。細かいことは気にするな。あ、お父さん、トマトが安いよ。ミートソースにするか。オレそれが一番好き。お前はいつもどれくらい食べるんだ。いっぱい食べるよ、食べたら背が高くなるんだって。食べなくても伸びる、俺も母さんも背は高いからな。本当？　あぁ。オレさ、すっごい大きくなってバスケの選手になりたいんだ。お前はバスケが好きなのか。うん、中学生になったら部活に入るんだ。スポーツは大変だぞ。でも大好きだったら頑張れるでしょ？　そうだな、好きなら頑張れるだろうな。えへへ、だからオレ頑張るんだ。お前ならできる。そうかな。あぁ。

　オレはくだらないことをたくさん話した。いろんなことを聞いてほしかった。その間親父はずっとむっすりと顔をしかめていて、だけどそれが不機嫌の表れでないことをオレは知っていた。スーツ姿の親父は恐ろしいほどにスーパーとは不似合いで、奥様方の視線を一身に集めていた。正直な話、親父はかなりのイケメンだった。

「お父さん、見て見てー。卵焼き！」

　オレは形の崩れた自慢の一品を見せに、皿を並べている親父のところへ向かった。何があったかは知らないが、親父は足でタオルを踏み付け、それを床に擦り合わせていた。

「何してるの？」

「水をこぼしたから、拭いているんだ」

「手を使わなきゃだめって先生が言ってたよ？」

「手で拭こうが足で拭こうが結果は同じだ」

　この日初めて分かったが、親父はかなりのめんどくさがりやだった。しかし同時に凝り性でもあるようで、パスタの盛り付け方にずっと悩んでいた。それこそ、食べてしまえば同じなのに。

　テーブルに皿を並べ、オレたちは手を合わせた。

「いただきます」

　親父が先に言っちゃったから、オレも慌ててそれに続いた。卵焼きを食べて、親父はうまいと呟いた。正直、卵焼きはオレの得意料理だ。あの塩辛いべちゃべちゃおにぎりとは、較べものにならなかったと思う。

「お父さんはさ、次いつがお休みなの？」

　パスタを咀嚼（そしゃく）しながら、オレは尋ねた。親父は目を細め、ほんの少しだけ口元を緩めた。

「そうだな……いつだろうな」

「あのね、オレお父さんといろんなとこに行きたい。今度は遊園地に行こうよ。お母さんと、三人で」

「遊園地か、行ったことがなかったな」

「オレ、ジェットコースター乗れるんだよ！」

「すごいな」

「ゆういちくんはね、怖くて乗れなかったの。もう二年生なのにおかしいよね」

　親父は水を口に含んだ。それが彼の喉を通り過ぎるまで、オレはじっと待ち続けていた。

「学校の友達か」

「うん」

「学校は楽しいか」

「楽しいよ！　あ、でも、勉強は苦手だけど……」

「そんなところだけ母さんに似たんだな」

　親父は苦笑し、オレの頭を優しく撫でた。大きな手だった。オレの手よりも何倍も大きい、なんでも掴めそうな手。

「オレ、お父さんのこと大好きだよ。お父さんは?」

「そうだなあ……」

親父はオレを撫でる手を止めなかった。その温かな感触にオレは目をつぶる。幸せだった。親父とこんなふうに接するのは、初めてだった。今日が明日も続けばいいのに。そんなことを思った。

静かな声が、頭上から聞こえてくる。ハラハラと、それは桜の花びらみたいにオレの手の中へと落ちてきた。

「俺もお前を愛しているよ」

その次の日、親父は自殺した。

いま思えば、オレの好きはあの日死んだのだ。

親父の名前の彫られた墓石の下に、オレは目一杯の好きを埋めてやった。次から次へと溢れていた好きはあっという間に枯れてしまった。それでもオレは構わなかった。

親父は多分、溺れてしまったのだ。マグロなのに。お魚なのに。一度歩みを止めた彼は、灰色の現実の中で溺れて死んだ。土の中じゃあ息ができなくて、苦しんでいるに違いない。だからオレは愛を埋めた。独りぼっちの親父は、きっと寂しがっているだろう。だからオレはオレを埋めた。優しくて無邪気で思いやりのある、吉澤泰斗を地面に埋めた。


八歳の夏休み、オレは沖泰斗になった。新しい父親と兄貴ができた。お袋と正彦さんはずっと前から付き合っていたらしい。そう兄貴がこっそり教えてくれた。

お袋はオレを愛してくれた。正彦さんもオレを愛してくれた。兄貴もオレを愛してくれた。以前と較べたら、信じられないほど満ち足りた生活だった。なのに、オレは彼等を愛せない。愛はもう親父にあげてしまったから。

次第にオレはフリをするのが上手くなった。好きなフリ。愛してるフリ。コツを掴めば簡単で、端から見るとオレは素直で素敵な青年へと成長した。オレの仮面を見抜いたのは里沙子だけだった。

私のこと好きにならなくていいから、一緒にいて。彼女の告白はとても寂しい色をしていて、だからオレはオーケーした。里沙子はオレと同類だった。だからこそオレにとって、彼女は特別だったのだ。しかしそれでもオレはアイツを好きにはならなかった。何度も肌を重ねたのに、そこからは何も生まれなかった。

蛇口を捻ると、お湯が流れ出てくる。透明な液体が、オレの手からすべてを流していく。こうやって、オレは毎日をリセットするのだ。嫌なことも辛いことも、白い泡に掻き消される。シャンプーの匂いが、ツンと鼻についた。オレは目をつぶり、頭からお湯を浴びる。熱の感触が皮膚の表面をするりと撫でた。

けいとは吉澤泰斗に似ている。あの日親父の元へと置いてきた、幼いオレに似ている。いまのオレにない、そしてあの日のオレが持っていたものを、けいとはすべて持っている。

ときおり、恐ろしくなる。けいとがいなくなることを考えると、ゾッとして息が止まりそうになる。信じられないくらいに、オレはアイツに依存している。胸に込み上げてくる好きという感情は、歪んだ梯子(はしご)みたいにギイギイと耳障りな音を立てていた。ずっと友達でいたい。卒業しても、アイツを放せる自信がない。

初めてけいとと言葉を交わしたことを思い出す。息ができずにもがいていたオレを、彼が救ってくれた、あの瞬間を。

初めてけいとと話したのは、体育の授業中だった。その日はバスケットボールをする予定で、だからオレは風邪をひいてると嘘をついてずる休みした。参加できない生徒はＮＢＡの映像を見ておけと、オレは教室に押し込められた。教卓に積まれた感想用紙を手に取り、オレは席に着く。左隅に設置されたテレビ画面では、ジョーダンがダンクを華麗に決めていた。

それ以上映像を見る気になれなくて、オレは教室を見回した。いるのはオレと、なんか暗そうな顔をした奴だった。彼は早々に感想文を書き終えており、黙々と読書に励んでいた。オレの存在は完璧に無視されている。それがなんかムカついて、オレはわざわざ隣の席へと座ってやった。

「何読んでんの」

彼はチラッとこちらを一瞥し、あからさまに嫌そうな顔をした。なんだコイツ、と少しイラッとする。

「……『蹴りたい背中』」

「ふーん、面白い？」

「面白い」

「へー」

水色の表紙に、女子生徒の絵が描いてある。漫画ばっかり読んでいるオレにはあまり興味が持てない装丁だ。

「お前名前なんだっけ」

「……宮澤けいと」

「変な名前だな。オレは、」

「沖泰斗だろ、知ってる」

「あ、そう」

少し気まずくて、オレは頬を掻いた。彼は本を閉じると、こちらを向いた。すごい童顔、と内心で笑う。

宮澤は無表情のまま首を傾げた。

「なんでこんなとこにいんの」

「なんでって？」

「体育は？」

「めんどいからサボった」

「バスケ嫌い？」

唐突に尋ねられ、オレは息を呑む。

「なんだよいきなり」

「いや、だからサボったのかなって」

「好きだよ、バリバリ好き」

「ふーん」

彼はそこでオレに興味を失ったのか、ぽとりと手元に視線を落とした。何故か見捨てられたような気がして、柄にもなくオレは焦った。話題も見つからないまま、テキトーな言葉を引っ張り出す。

「み、宮澤は何中なの？　同じじゃないよな」

「海南」

「カイナン？　それどこ？」

「多分知らねぇよ、県外だから」

「え、県外から来たの？　引っ越し？」

「まあ、家族の都合で」

「へえ、マジか。じゃあ知り合いとかいないんじゃない？　友達いる？」

「いない」

宮澤は素直に首を横に振る。そこには引け目も何も感じられなくて、オレはぐっと息を吞んだ。

「部活はどこに入るつもり？」

「美術部」

「うちにそんな部活あった？」

「廃部寸前らしい」

「へえ」

「沖は？」

「オレ？」

まだ決めてない、そう答えれば、彼は呆れたように溜め息をついた。

「バスケ好きなんじゃなかった？」

「え、あ、バスケは好きだけど、もちろん」

「バスケ部は選択肢に入ってんの？」

随分と痛いところを突いてくる。愛想笑いが引きつったのが、自分でも分かった。

「いや……」

「ふーん」

宮澤は何もかもお見通しですみたいな顔をして、頬杖をついた。

「そう」

それだけ言って、彼は再び本を手に取った。華奢な造りをした指先がページを撫でる。

「人と話してるときに本読むなよ」

「え、会話終わっただろ」

「終わってないって」

宮澤は不服げに眉間に皺を寄せ、しかし本を机の中にしまった。勝った。何にかは分からないけれど、そう思った。

「なんの話しろって？　お前の部活の話の続き？」

「え？　まあ、そうだな」

「そんなもん自分で決めたらいいだろ？」

「あぁ……そりゃ、うん」

　正論すぎて何も言えなかった。口をつぐんだオレを見て、宮澤は仰々しく溜め息をついた。

「高一にもなってそんな顔すんなよ……お前アレだな、メンタル弱いな」

「弱くねえよ、っつーかそんな顔ってどんな顔だよ」

「怒られたゴールデンレトリバーみたいな顔」

「オレは犬顔じゃねえって」

「ツッコミどころおかしいだろ」

　彼はそう言って小さく笑った。お、笑った、とオレは少し感動した。この感覚はアレだ。野良猫を手なずけたときのそれによく似ている。

「バスケ部入る気ないなら、ほかの運動部入れば？　スポーツ得意なんだろ？　シャトルラン最後まで残ってたじゃん」

「バレーとか陸上とか？」

「そうそう」

「それは……」

まったく想像できなかった。バスケをしていない、自分の姿が。沖泰斗にはバスケが似合う。ほかのスポーツではなく、バスケが。少なくとも、周りは皆そう思っている。思っているに、違いない。

「何、運動部が嫌なわけ？」

お前わがままだな、と宮澤はもう一度溜め息をつく。

「嫌って言うか……」

「じゃあ文化系の部活はどう？　吹奏楽とか」

「ないない！　それはない！」

「なんで」

「だってありえないじゃん。オレってそんなイメージないでしょ」

彼はとても不思議そうな顔をして、首を傾げた。夜色をした瞳がぱちぱちと瞬く。

「お前のイメージに合うものだけが、お前のしたいことなの？」

ガツンと頭をぶん殴られたような気がした。そのぐらい、その台詞はオレに衝撃を与えた。

黙り込んだオレに気まずさを覚えたのか、宮澤は首の後ろを小さく掻いた。

「まあ俺はお前に別に変なイメージ持ってねえし、お前が何部だろうと気にしないけどな」

彼はそう言って視線を下げた。長い睫毛が上下するのが見える。幼さの残る柔らかな輪郭線を、窓から差し込む光がなぞった。

「……本当はバスケ部がいいんだよ」

昼から漏れた声は予想以上に弱々しくて、自分でも驚いた。まるで縋るみたいに、オレは自身の太股を掴む。スラックスにくしゃりと皺が寄る。

「でも、怖くて」

「怖い？」

「そう」

彼は続きを促さない。ただオレの言葉をじっと待っている。

「中学のとき、最後の試合オレのせいで負けたんだ。シュート外してさ」

「……」

「ボールがリングに跳ね返って、外に落ちた。ブザービートが鳴って、整列して。周りは泣いてて、でもオレだけは涙も出てこなかった。頭が真っ白になった。オレのせいだ。そう思った。あの試合に負けたのは、オレのせいだ」

テレビの中からわっと歓声が上がった。第三クォーターが終わる間際に、選手がシユートを決めたところだった。観客が立ち上がり、何かを叫んでいる。加点は三点。スリーポイントだ。

宮澤はそれを一瞥し、僅かに眉間に皺を寄せた。

「……お前、レギュラーになったの何年？」

予想外の質問に、オレは返答が少し遅れた。

「えっ……一年だけど」

「マジか、いっぺん死んでこい」

「ひどっ」

宮澤は口元に笑みを浮かべる。随分と静かに笑う奴だな、とオレは思った。

「オレも中学のころはバスケしてたよ。ずっと二軍だったけど」

「お前がバスケ？　スゲー意外」

「うん、よく言われる」

「なんでバスケ続けないの？」

「疲れたから」

「え？」

「お前みたいな奴らの背中を追うの、キツイから」

彼の声は笑っていて、だけどその目は恐ろしいほどに冷めていた。

「沖は部活の勝利に貢献してたよ。たまたま最後外しちゃっただけで、ずっと頑張ってた。……役立たずだった俺とは違ってさ」

なんと言っていいか分からず、オレは唇を噛んだ。そんなオレを見て、彼はくすりと笑った。生温い風が窓から吹き込み、少年の黒髪が微かに揺れた。

「俺もバスケ怖いよ」

彼は言った。

「頑張るの、怖い」

声の破片が、心臓にブスリと刺さる。その痛みに思わず、オレは息を止めていた。それはあまりに寂しげな声だった。その声を聞くのが嫌で、なんとかしたくて。オレは抱いた感情の名も知らぬまま、ただあがいた。

「……お前のこと、けいとって呼んでいい？」

「ハ？」

あまりにも唐突な展開に、彼は困惑しているようだった。伏せられていた瞳が、大きく見開かれる。

「オレのこと泰斗って呼んでくれていいからさ！」

「いや、別に呼ぶ必要性を感じてないけど」

「感じろよ！　オレたち親友だろ！」

「えー……お前の親友のハードル、スゲー低いんだな」

「なんという冷静な対応！」

「いきなりテンション上げてどうしたんだよ、うっせーな」

「キャーけいと君ったら辛辣ゥー！　そんなとこに痺れちゃうワ」

「裏声やめろ、死ね」

けいとはげんなりした様子で溜め息をついた。だけどその口元が緩んでいることを、オレは見逃さなかった。

「お前もさっさと感想書けよ。提出だぞ」

彼はややぶっきらぼうにそう言って、テレビを指差す。

「分かってるって」

「じゃあ騒ぐな」

「それはムーリー」

「うわ、うざ」

「このウザさが癖になるだろ？」

「いや別になりませんけど」

「ひでぇ」

がっくりとオレは肩を落とす。けいとが真顔でこちらを見る。その手がオレの背中を叩いた。見た目じゃ想像できないくらい、強い力だった。

「ほら、さっさと課題やれよ。泰斗」


ばしゃん。


身体を洗い終わり、オレは頭から湯を被る。湯舟には浸からない。夏場はいつもこれだけで済ます。

脳内に垂れ流されたあの日の記憶に、オレは目を伏せた。けいとけいとけいと。最近オレの頭はそればかりだ。

「……キモ」

口から零れた声は、やけに耳障りだった。


浴室から出ると、ケータイがピカピカと光っていた。画面を見ると、受信ボックスに十一件。

「オレってホント人気者」

鼻唄を歌いながら、メールを返信していく。友人から来るそれは、だいたいがくだらない内容だ。上っ面の付き合いを求める、孤独者からのＳＯＳ。彼等は別にオレを求めているわけではないのだ。一人じゃなければ誰でもいい。そこにいたのが、たまたまオレだったというだけの話。

「あ、やべっ」

そこでふとけいととの別れを思い出す。いちおう謝っておいたほうがいいだろう。里沙子の無言の圧力に彼は相当参っていたようだから。

さっきはゴメン。短い文を送信している間にも、新たなメールが届いた。なんと、みどりちゃんからだった。

「うわー、またまためんどいこと思いついちゃって」

画面をスクロールしながら、オレは思わず顔をしかめる。みどりちゃんはとてもいい先生だけれど、努力・友情・勝利、なんて展開を本気で信じているフシがある。そんなおとぎ話はさっさとごみ箱にぶち込んでしまえばいいのに。こんなことを言ったら、けいとに怒られるだろうけれど。

オレは溜め息をつきながら、先生に返信する。『面白い提案ですね、すっごく楽しみです!』。我ながら白々しい文章だ。多分みどりちゃんもオレの本音に気づいていると思う。だけど、気にしない。別にどうでもいい人だから。

送信画面を見届けることもなく、オレはベッドに転がった。

一週間でオレが一番好きなのは金曜日だ。理由は単純、次の日が休みだから。どんなに気分が最悪でも、この日だけは学校に行く気になる。まあオレの場合、この日に週末課題を大量に押し付けられるから、否が応でも行かなければならないのだけれど。

「おはよー」

呑気に昼休みから登校してきたオレに、クラス中の視線が刺さった。顔に貼り付けていた爽やかな笑みも、このときばかりは少し引きつる。オレが遅れて登校するなんてことは、日常茶飯事のはずなのに。知らないうちに何かやらかしてしまったのだろうか。内心で冷や汗を掻きながら思考を巡らせていると、長谷川がこちらへと近付いてきた。

「よお、社長出勤だな。寝坊か？」

「お、おう」

「今日理科の小テストだったんだぜ？　サボったらまた補習やらされるぞ？」

何気ない仕種で長谷川がオレの肩に腕を回す。そのままぐいと引っ張られ、オレは教室の外へと連れ出された。好奇の的にされるのは避けたかったので、正直有り難い。彼は意外に気が利く男らしい。

「お前さ、いまの自分の状況分かってる？」

「なんかオレしたっけ?」

首を傾げたオレに、長谷川は仰々しく溜め息をついた。廊下に人影はない。彼は腕を組むと、偉そうな顔をして窓へともたれかかった。ガラスはびくともしなかった。

「したも何もな、お前のせいで朝から宮澤大変だったんだぜ?」

「はあ? なんで?」

彼はそこで眉をひそめ、躊躇うように口をつぐんだ。そんなに言いにくいことなのか。身構えたオレの肩を、長谷川が軽く叩く。まるで慰めるように。

「……お前と宮澤が付き合ってるって噂が流れてる」

「はあっ?」

何言ってんだよ。そう続けようとしたのに、興奮のあまり途中で咳き込んでしまった。肺の辺りに異物が詰まっている。空っぽの咳を繰り返していると、何故だか頭がくらくらした。思わず壁にもたれかかると、皮膚の上をヒヤリとした感覚が滑る。冷たい。

長谷川は肩を竦め、窓の外を見やった。オレの咳が治まるのを待って、彼は口を開く。

「朝からお前のファンが来て大変だったんだよ、もう大騒ぎでさ。宮澤なんてずっと責められっぱなし」

「けいとはいまどうしてんの」

「さあ？　三時間目始まるぐらいにはもう逃げちゃってたから分かんない」

そりゃ逃げたくもなるよなー。そうぼやく長谷川の口ぶりは、完全に他人事だった。むしろ面白がっているようにすら見える。

「それにしてもビビったわ。モッテモテの沖にこんな噂が流れるなんてな」

揶揄(やゆ)するような彼の言葉に、反論する余力すらない。

「あー……ヤッバい。これからけいとと気まずくなるじゃん」

こんな噂が流れてしまっては、けいとのオレへの接し方が変わってしまうかもしれない。ずるずるとしゃがみ込んだオレに、長谷川はケラケラと笑い声を上げた。

「まあまあ、こんなの単なる恋バナじゃん。誰と誰が付き合ってるとか、よくある噂だろ？」

「それをけいとに聞かれるのがまずいんだって！　みんな好き勝手言いやがって！」

怒鳴っても威嚇の効果はなかったらしく、長谷川は笑ったままだった。決まりの悪くなったオレは、ごまかすように頭を掻く。

「っつーか、なんでみんな信じてんだよ。そもそもそこがおかしいって」

「いやいや、胸に手を当てて考えてみろよ。どう考えても原因はお前の普段の言動だろ」

「はあ？　オレのどこが悪いって？」

「……お前、自覚なかったのか」

長谷川は呆れたようだった。

「自覚？」

「いや、ないならいい」

「なんだよソレ」

言いたいことあるなら言えよ。そう言うと、彼はなんとも神妙な顔付きでこちらを見た。理由もなく落ち着かなくなって、オレは窓の外へと視線を逸らす。ふ、と長谷川が息を漏らした。からかいと溜め息が混じったような、そんな音だった。

「そんな気にすんなって。噂なんてすぐ消えるだろ」

「お前は他人事だからそんなこと言えんだぜ？　あー最悪、マジでどうしよう」

次からどんな顔でけいとに会えばいいんだ。頭を抱えたオレに、彼はさらりと告げた。

「まあ噂が嫌なら、すぐに解決する方法はあるけど？」

「マジか！」

立ち上がったオレの勢いに、長谷川が一歩後ずさる。

「いや、そんな大した案じゃねぇよ？　ただ普通に考えて、お前と宮澤が付き合ってないって証明したら噂は消えるよな？」

「まあ、確かにそうだろうな」

「だったらアレじゃね？　お前がテキトーに女子と付き合っちゃえばいいんじゃないの？」

「いや、それは無理」

即答だった。あまりの回答の早さに、自分でも驚いたくらいだ。長谷川は少し気分を害した様子で、なんだよ、と拗ねたように呟いた。

「お前が聞いたから答えてやったってのに」

「だってさ、彼女とかいまはいらないし……って言うか、しばらく女はいいわ。里沙子で懲りた」

ふーん、と彼は退屈そうに相槌を打った。その瞳が好奇心にちらりと揺れる。

「ぶっちゃけお前さ、森さんとなんで別れたんだよ。田村が原因とか噂聞いたけど」

「アイツは関係ないよ」

「何、田村庇ってんの？」

「別にそういうわけじゃないって」

「本当はお前さ、田村のこと好きなんじゃねえの？　だから宮澤を利用して美術部に入ったんじゃゃ――」

「しつこいな！　そうじゃないって言ってんだろ！」

こちらの剣幕にぎょっとしたのか、長谷川は口をつぐんだ。しんと、嫌な沈黙が落ちる。舌を走るざらりとした感触に、オレは思わず眉をひそめた。嫌だなあ。声には出さず、口の中だけで呟く。こういう空気、あんまり好きじゃない。

「……なあ、」

唐突に、長谷川が真面目な顔をする。その声はいやに固かった。

「なんだよ」

「本当に宮澤と田村、付き合ってないの？」

「はあ？」

いきなり何言い出すんだよ。そう言おうとして、しかし口を閉じる。彼の表情があまりに真剣だったから。オレは唸るように答える。

「付き合ってねえよ。何回も言わせんな」

「じゃあさ、もし付き合ってるって言われたらお前どうする？」

「質問の意味が分からない」

「そのままの意味だよ」

そして彼は同じ言葉を繰り返す。

「お前らの関係、多分続かないよ。本当にお前このままでいいわけ？」

厭らしいと思った。このやり口は厭らしい。こういう質問に真面目に答えるほど、オレはお人よしじゃない。コイツはただ、他人を煽っているだけなのだ。相手のための助言ではなく、ただ周りを引っ掻き回したいだけ。

　オレは肩を竦めると、僅かに口元を緩めた。長谷川が眉間に皺を寄せる。

「仮定の話だったら答えなくていいだろ？」

「まあ確かにそうだけど」

　でもさ、と彼は俯く。まるでこちらを見たくないと言わんばかりに。

「でも、俺的には早く解放してやりたいんだよ」

「解放って何をだよ」

「田村を」

　意味が分からない。真っ先に浮かんだ感情がそれだった。知らぬうちに表情が出ていたのか、長谷川が大きく溜め息をついた。

「まあ、お前がそういう奴って知ってたけど」

「どういう意味だよ」

「興味ない奴はすぐ切り捨てるよな、お前」

「悪いかよ」

「いや？　別に」

別にって顔してねぇだろ。そう言おうと口を開いたとき、胸ポケットがぶるりと震えた。ケータイだ。画面を開くと、けいとからだった。反射的に電話を受ける。

「はいもしもしー」

「もしもし泰斗?」

「うん、そうだけど」

彼の態度はあまりにいつもどおりで、だから少し拍子抜けした。機械越しのその声は普段よりちょっとだけ高い。

「昨日のみどり先生からのメール読んだ?」

「読んだ読んだ」

「明日からやるから、合同制作」

「明日?」

それはちょっと急すぎるんじゃないだろうか。そう思ったが、無理かと問われるとついつい否定してしまう。いや、大丈夫。慌ててそう告げたら、受話器の向こう側で彼が笑う気配がした。

「明日さ、話があるんだ」

「けいとが?」

「いや、田村が」

絶対来いよな。それだけ言って、通話を切られた。ツーツーツー。切られたあとの音を聞くのは、いつだってひどく寂しい。

「……宮澤から？」

そう問われ、ケータイ画面を見つめていたオレはそこでようやく長谷川の存在を思い出した。

「あぁ、まあな」

「ふーん」

彼は何か言いたげな表情を浮かべていたが、結局何も言わなかった。だが、そんなことオレにはどうでもいい。先程のけいとの声を思い出し、ケータイ画面を指先で撫でる。液晶に浮かぶ文字列。黄色のデジタル時計がご親切にも一秒一秒を数え上げてくれる。あとどれくらい待てば明日になるのだろう。そんなことを考えながらオレは静かに目を伏せた。

「……合同制作、か」

息をするのが怖い。瞬きするのが億劫で、心臓が動いているのが気持ち悪い。どうしてみんな平気なんだろう。俺はいつも不思議に思う。自分の分からないところで身体が勝手に生きているのに、なんでみんな平気なんだろう。俺は恐い。

息をするのが、俺はこわい。

04

白い地平線の上に、一滴の線が落ちる。筆がそれをさらって、滑らかな曲線へと形を変えた。仄かに気怠さを感じさせる、薄く閉じられた瞼から、ゆるりと睫毛が伸びる。凛とした、意志を感じさせる強い瞳がこちらを見ている。艶っぽい厚みのある唇。それを包む柔らかな輪郭線。豊かな黒髪が、その肩にかかってなびいている。

「綺麗な絵ね」

視界が影に呑まれ、一瞬で暗くなる。顔を上げると、みどり先生がこちらを覗き込んでいた。黒髪の隙間から、柔らかな色を宿す双眸が覗く。

「……ありがとうございます」

手を止め、俺は微笑んだ。先生はふふ、と笑みを零すと、近くにあったパイプ椅子に腰かけた。ベージュのスカートから伸びる足。タイツ越しに見える滑らかな曲線に、心なしか気持ちが弾む。

「合同制作の下絵？」

「そうです」

「田村さんたちは？」

「俺だけ先に来たんです。下絵担当なんで」

「仕事が早いわね。びっくりしたわ」

俺は筆をバケツに突っ込むと、自分の描いた絵を見下ろす。二メートル四方の紙に自分が描いたのは、巨大な女の人の絵だった。自分なりにとびきり美人に描いたつもりだ。

「先生はなんでここに？」

「様子を見に来たの。いちおう顧問だしね」

「そうですか」

カーテンがはためく。中途半端に開いた窓の隙間から、生温い風が入り込む。じっとりと熱を孕んだ空気に、俺は密かに息を吐く。

「美術部は楽しい？」

唐突に尋ねられ、俺は一瞬言葉に詰まった。本当に、一瞬だったけれど。

「楽しいですよ、みんないい奴ですし」

愛想笑いを貼り付けてそう答えれば、先生は静かに目を伏せた。そう。唇から漏れる声が何を意味しているのか、子供の自分には理解できない。

「余計なお世話だったかしら」

「何がです？」

「合同制作よ」

最近あなたたち、あまり上手くいってないみたいだったから。そう微笑するみどり先生。

「先生はなんでもお見通しなんですね」

俺は相手と向かい側の椅子へと腰かける。彼女は首を横に振った。そんなことないわ。そう言って、先生はゆっくりと立ち上がる。向き合うのを避けるみたいに。

「今日は一日職員室にいるから、何かあったら呼んでちょうだい」

「はい、すみません休日なのに」

「そんなの気にしなくていいわよ。あ、鍵を返すのだけは忘れないようにね」

「分かりました」

みどり先生がにっこりと唇で笑みを形取る。あ、可愛い。そんなことを思いながら、俺は頭だけ前に傾けて会釈した。扉の向こう側へと消えていくその後ろ姿を眺めながら、俺は再び筆を手に取る。

筆先から落ちた水滴が、平穏の中に波紋を作った。

「うわあ、ガチでうめぇな」

俺の描いた絵を見下ろし、泰斗はなんとも言い難い表情を浮かべた。その隣で田村も眉をひそめている。

「オレこれに色つけるとか無理だぜ無理、どんな難易度だよ」

「なんだよ、お前らが下絵全部俺に押し付けたんじゃねーか」

「いやー、マジで後悔してるわ。お前に任せんじゃなかった」

「せめてアタシがやるべきだったわ」

「なんで」

ムッとして言い返す俺に、泰斗は肩を竦めた。

「なんでってお前……レベル3初期装備でラスボス倒しに行くようなもんだろコレ」

「アンタ加減できなかったの？」

「意味分かんねーよ、なんだ加減って」

そう返しながら、俺は手を動かし続ける。筆が紙を擦る音。この音がたまらなく好きだ。パソコンも描きやすくていいけれど、乾いた紙に色を落とすこの一瞬が、俺は好き。

「オレ絶対色塗れないって。もうこの線画でいいじゃん！　これで完成っつーことで！」

泰斗は笑って俺の隣で胡座をかいた。その様子を田村はじっと見つめている。俺はそんな彼女を目だけで追う。皆、誰かを追っているはずなのに、誰一人として視線が交わらない。ちぐはぐな関係だなあと思う。噛み合わないボタンを一生懸命留めようとしているような、そんな感じ。

「テキトーに塗ればいいんだよ、テキトーに」

「アンタのテキトーのレベルが分かんないわ」

「普通に色つけろってこと」

バケツで筆を洗う。透明な液体に黒が溶ける。ゆらゆらと揺らめくその色を、俺は筆で掻き混ぜる。するとすぐに黒は消え、液全体が暗く濁る。

「みどりちゃんはどうしたんだ？」

泰斗が尋ねる。その声の平淡さに、俺は思わず苦笑する。聞いたはいいが興味はないんだろう。職員室だよという俺の答えに、彼はつまらなそうな顔で、へぇ、とだけ呟いた。

「なんのつもりで合同制作なんて言い出したんだか」

「先生は先生なりに考えてくれてんだよ」

「そうかもしんないけどさー、こういうのかったるいじゃん」

「お前はまだ何もしてないだろうが」

「しようという心意気だけはあるって」

「心意気だけあってもなあ」

チューブを絞ると、その先端から絵の具が飛び出す。強烈な色の塊。混じりっけのない、純粋な黒。

「……綺麗な絵」

背後で田村が呟く。振り返ると、彼女は俺のすぐそばに立っていた。その視線は真っ直ぐに絵を捉えていて、なのにその目は何も映してはいないように見えた。もっと遠くのもの。俺に見えない何かを、彼女は見ている。

「ほんと、綺麗な絵だわ」

同じ言葉を繰り返し、田村は俺の隣で膝を折る。少女と少年。間に挟まれた俺は、その気まずさに身動きが取れなくなる。教室に流れる微妙な空気。多分俺なんかじゃクッション材の変わりにもなりやしない。満ちる沈黙が焦燥を掻き立てる。意を決したように田村は口を開き、だけど何も言わなかった。躊躇いが表情の端々に浮かんでいる。悩んでいるのだろうか、いまになって。

　俺はどうしたらいいんだろう。席を外すべきなのか。立ち上がろうとした俺の足元に、ぐんと強い抵抗感。見下ろすと、田村がズボンの裾を引っ張っていた。

「アンタもいて」

　告げられた言葉に逃げる口実を失って、俺は渋々頭を縦に振った。田村の口から安堵の息が漏れる。泰斗は何も言わない。

「話があるの」

　彼女は言った。

「知ってる」

　彼は答えた。

　その声の冷たさに、俺は身震いする。泰斗のこういうところが苦手だ。皆に優しくないところが。

「一昨日(おととい)さ、里沙子に会った？」

「会ったけど？」

「何話したの」

「別に何も」

「そう」

田村が目を伏せる。

「里沙子、彼氏できたんだって」

「知ってるけど」

「どう思った？」

「別に何も」

「本当に？」

「ホントホント」

「それならいいけど」

会話が進む。俺には関係ないところで。じいじいと喚く蝉の悲鳴が、鼓膜にべったりと張り付いた。夏の暑さが空気を蝕み、脳の奥を溶かしていく。気遣うのも面倒になって、俺は再び作業に取り掛かる。まるで二人から逃げるように、わざわざどうでもいい部分を細かく細かく描き直す。

「…………」

「…………」

二人の間にはちょうど一人分のスペースが空いている。さっきまで俺がいた場所だ。中学のときはこの空白を、別の誰かが埋めていたのだろう。例えば、泰斗の元カノとか。

いま、そこには何もない。剥き出しになった沈黙が、ただ静かに横たわっている。

「……沖君、なんでバスケやめたの？」

口を開いた田村に、泰斗は苦笑した。

「いまさらその話？」

「だって沖君、はぐらかしてばっかりだったし」

「そう？」

「少なくとも、アタシはそう感じた」

田村の指がスカートを引っ掻く。部活時代の名残か、日焼けの痕が残るその指先はほかの女子に比べて逞しい。俺は筆を置き、自分の手を見てみる。真っ白で華奢で、力のない指だ。これじゃあ何も掴めない。

「田村って本当おっかないね」

そう言って泰斗は肩を竦めてみせる。床を撫でる大きな手。俺のとは真逆の、力強い手。

「おっかなくないわよ」

「だってなんか、全部お見通しって感じだし」

「別にアタシは――」

「嫌になったんだよ」

田村の声を遮って、泰斗は呟いた。その瞳が一瞬だけ縋るようにこちらを向く。俺は動かない。何もしない。集中を削がれた筆先が紙面に大きな波を描く。

彼は目を伏せると、静かに息を吸い込んだ。その口元に自嘲染みた笑みが浮かぶ。

「夏の大会さ、全国まであと少しだったのに、結局うちが負けちゃったじゃん。一点差。こっちのシュートが入ってたら、絶対に勝ってた試合」

泰斗は眉間に皺を寄せて、頭を掻いた。紡がれた台詞にはいつもの流暢さがなかった。つぎはぎだらけの言葉たちから、ぽたりぽたりと生身の泰斗がこぼれ落ちている。

「うん、知ってるよ。すごい惜しかったんだよね」

田村が頷く。

「アレ、最後のシュート外したの、オレなんだ」

泰斗は目を閉じた。まるですべてを拒絶するみたいに。

「みんな絶対に勝ったと思った。なのに負けた。ボールがリングに跳ね返って外に落ちた。ブザーが鳴って、整列して。周りは泣いてて、でもオレだけは涙も出てこなかった。頭が真っ白になった。オレのせいだ、そう思った。あの試合に負けたのはオレのせいだ」

「ミスぐらい誰だってあるでしょ？　そんなに気にしなくても、誰も沖君を責めたりは――」

「しなかったよ、みんなオレを責めなかった。だけど無理なんだ。オレが許せないんだ。オレが、オレを、許せない」

最初に泰斗と話したあの日。彼は俺に怖いと言った。バスケが怖い。ボールをネットに放り込むのが怖い。バッシュが床を擦る音が怖い。瑣末な出来事があの瞬間を思い出させる。シュートを外した瞬間。自分のせいで、負けた瞬間。

「オレにとって、バスケは助けるスポーツだったんだ。自分より実力のないチームメイトを助けるスポーツ。足を引っ張られることはよくあった。けど、オレは足を引っ張っちゃいけない。そんなオレは、オレじゃない。……意味分かる？」

彼の言葉はいつだって傲慢だ。沖泰斗という人間は自尊心の塊なのだ。無意識のうちに、彼は他人より自分を上に置く。だから脆い。少し突っつかれただけで、簡単に折れる。ザマアミロ。人生そう上手くいくかよ。そう嘲笑ってやりたいのにそれができないのは、多分、俺も同じだからだ。才能がないくせに、自分が特別だと信じている。痛い幻想を飼い馴らして、神様に選ばれるのを待っている。

「……沖君がすごく自意識過剰ってことは分かった」

田村の言葉に、泰斗は口元を綻ばす。瞼が持ち上がり、その瞳が彼女を映す。

「まあ、つまりはそうだよな。オレはすごく自意識過剰で、プライドが高くて、そういうのでガチガチに凝り固まってたわけ」

長いそれを見せつけるみたいに、泰斗は足を組み替える。

「ダメだよな、やっぱそういう性格だと。打たれ弱いっつーかさ……まあ、アレだ。簡単に言えば、バスケできなくなったんだ。ボール投げても、シュート入っても、あの試合のことを思い出しちゃって。いわゆるトラウマってやつ？　まあ、なんか堪えられなくなっちゃったわけ」

「だからやめたの？　バスケ」

「そ。なんつーか、あんま面白くない理由だろ？　だから言いたくなかったんだ」

そう言って彼は照れたように笑った。田村は何も言わず、ただ唇を噛んだ。窓から伸びる光が、真っ黒な二人の影を掴む。

「バスケ、好きじゃないの？」

彼女の問いに、泰斗が一瞬だけ瞳を揺らした。

「好きだよ。ただ、嫌いでもあるけど」

「意味分かんない」

「うん、だから言わなかった。言っても分かんないと思って」

その台詞に、田村はひどく傷付いた顔をした。言葉が含む刃を、泰斗は隠そうともしない。器用な彼なら、本当はもっと上手くあしらえるはずなのに。

「けいとはさ、分かってくれたんだよね。こんな嫌な奴のこと。だからまあ、オレはけいとのこと好きなんだけど」

　泰斗はそう言って、いつもの薄っぺらい笑みを浮かべた。そういうことは本人がいないときに言ってほしい。どんな顔をしていいか、分からなくなるから。

「それで、なんかいい部活ねぇかなって聞いたら、美術部勧められたんだ。オレ絵とか好きじゃねーけど、楽そうだったし」

「だから美術部に入ったんだ」

「そう。単純だろ？」

　泰斗は笑った。田村は笑わなかった。

「……そう、だったんだ」

　そう呟き、彼女は俯いた。長い黒髪がその表情を覆い隠す。俺は何か声をかけようとして、なのに唇が動かなかった。これは二人の問題だ。二人だけの。そこに他人の自分がしゃしゃり出るのは、許されないことのような気がした。

「本当はさ、」

「うん」

　口を開いた田村に、泰斗はただ静かに続きを促す。

「アタシ告白しようかと思ってたの、沖君に」

「だろうと思った」

「でもやめたの」

彼は再び足を組み替える。そう。返す言葉は短かった。

「アタシにとって、沖君が好きなアタシこそがアタシだったの」

「なんかややこしいな」

「うん……なんて言っていいのか分かんないけど。沖君が好きっていうキャラを演じてたのかもしんない、いま思うと」

「里沙子に対抗して？」

「さあ、分かんない。そうかもしれないし、そうじゃないかもしれない」

田村の言葉の端々から、脆い本音が滑り落ちる。迷子になった子供みたいに、彼女は途方に暮れた顔をした。泣きそうだ、と俺は思った。多分、彼女は泣かないけれど。

「ただ、沖君って絶対に手が届かないでしょ？　だからアイドルみたいに感じてたのかも。あ、いまのはないか。沖君がひどい奴ってアタシ知ってたし」

「オレ、そこまでひどい奴じゃないって」

「うん、知ってる」

その言葉に、彼は神妙な面持ちで首を捻った。

「なんか褒められてんだかけなされてんだか分かんないな」

「どっちもだよ」

風が吹いた。窓の外で、木の葉たちが身をよじる。田村は目を伏せ、静かに立ち上がった。ぷんと、女の匂いがした。

「高校に入って、自分が何したいのかよく分かんなくなって。それで多分、沖君に固執しちゃってたんだと思う」

固執、と俺は口の中だけで呟く。なんだか嫌な味がした。苦くて苦しい。そんな味。

田村は息を止め、それから俺のほうを一瞥した。アーモンド型の切れ長の目が、ぱちぱちと瞬く。その唇が、不意に歪んだ。まるで自嘲するみたいに。

「でも、やっぱり好きだから」

「何が」

「アタシが、沖君を」

そう。と、泰斗はさっきと同じ台詞を繰り返した。感情の読めない、短い言葉。

「キャラとかなしにしても、沖君のこと好きなの」

「……告白するのはやめたんじゃなかったの」

「これは告白じゃないから。ただの宣言」

「そーですか」

泰斗はそう言って、それから一度口をつぐんだ。逡巡（しゅんじゅん）するみたいに、その目が小さく動く。

「でもさ」

「何」

「オレは好きじゃないよ、田村のこと」

言葉が床に落ち、かつんと跳ね返る。しんとした室内で、田村が息を吐く音が聞こえた。

「知ってる」

彼女は笑った。

「そんなこと、前から知ってるよ」

落ちる声が空気に溶ける。がしゃん。田村の伸ばした手が筆箱に当たって、場違いな音を立てた。中身が床に散乱する。赤、青、黄。安っぽい色をした蛍光ペン。拾おうと立ち上がった俺を制し、田村は乱暴な手付きでそれらを拾い上げた。

「……宮澤」

「な、なんだ?」

突然呼びかけられ、自然と声が裏返った。彼女は鞄を肩にかけると、何かをごまかすように頬を掻いた。

「アタシもう帰るね」

「あ、うん」

「沖君も、今日はありがとう」

その言葉に、泰斗は肩を竦めた。

「お礼言われるようなことしてないって。いままでの言動も含めると、むしろオレがビンタでもされるべき？」

「してほしいならするけど」

「いらないよ」

泰斗が笑う。田村はひらりとその手を揺らした。

「また明日」

「おう」

彼が手を振り返す。俺のよりもずっと大きな手のひらが、右に左にゆらゆらと揺れる。田村は振り返らなかった。シャツに包まれた彼女の肩が、僅かに震えているのが見えた。陽射しを吸った白。そこにくしゃりと刻まれた皺が、彼女の心情を表しているように思えた。小さな小さな後ろ姿が、扉の奥へと吸い込まれていく。それを見ているとなんだかたまらない気持ちになって、俺は思わず立ち上がっていた。泰斗は動かなかった。

「俺、ちょっと様子見てくるよ」

その台詞に、彼は苦々しい笑みを浮かべた。大人びた表情。言外に含んだ本音の棘に、俺はいつだって気づかない。

「はいはい、いってらっしゃい」

そう笑う泰斗はしかし、決してこちらを見なかった。


休日の校舎にいつもの賑わいはない。遠くからは吹奏楽部の下手くそなラッパの音が聞こえる。まばらに響く太鼓。不揃いな演奏会。壁に反響する自分の足音が空気を乱しているような気がして、なんだかひどく不愉快になる。

廊下に田村の姿はない。もう帰ってしまったのだろうか。そんなに時間は経っていないと思うのだけれど。ぼんやりと思考しながら足を進めていると、不意に視界に異物がよぎった。思わず足を止める。昇降口の壁の、その隙間と隙間。そこに、見覚えのある女子生徒が体育座りをして挟まっていた。膝に顔を埋めているため、その表情は見えない。

「あー……田村さんですか？」

恐る恐る、俺は声をかける。数拍の間のあと、彼女はゆっくりと顔を上げた。目の端が赤く腫れ上がっている。それを見た瞬間、心臓がきゅっと縮み上がった。

「……何」

先程とは打って変わって、彼女の声は刺々しい。相手が変わるだけでこの変化。女子というのは残酷な生き物だ。

「いや、そのー……ちょっと心配になって」

「別に心配なんていらないわよ馬鹿」

「あー、そう」

　何を言っていいか分からず、とりあえず俺は彼女の隣へと腰かける。床は随分とひんやりとしていて、布越しでもその冷たさが分かった。

「……アンタさあ、いままで誰かと付き合ったことある？」

「なんだよ突然」

「さっさと答えなさいよ」

　険しい顔を繕って、田村は言葉を促す。なんだか無性に暑かった。汗がシャツに張り付いて鬱陶しい。

「まあ、あるけど」

「嘘でしょ？」

「こんなとこで嘘ついてどうすんだよ」

「だって信じられないんだもん。アンタみたいな根暗に彼女がいただなんて」

「悪いかよ」

「そうは言ってないけど」

田村が口ごもる。気まずくなって、俺は意味もなく目の前の下駄箱を凝視する。同じ形、同じ色をした何百という上履きが、この四角形の中に律儀に並べられている。一つの狂いもなく、同じ靴ばかりが。見ているだけで息苦しくなって、俺は思わず息を吐き出す。何を勘違いしたのか、田村がビクリと身を固くした。

「怒った？」

「何が？」

「いや、怒ってないならいいけど」

動揺しているのか、彼女の瞳がぐらぐらと揺れる。自分じゃ分からないけれど、俺の目もそうなっているのかもしれない。

「どんな子だった？」

「彼女？」

「うん」

「別に、普通の子だったよ。同じ部活だったんだ」

「どれくらい続いたの」

「まあ、半年くらい」

「……好きだった？」

「どうだろう。ノリみたいなとこもあったから、お互いそこまで真剣じゃなかったし」

付き合って半年。キス止まりだった二人の関係に痺れを切らしたのか、彼女は俺から離れていった。そのときはそれなりにへこんだけれど、受験期間が始まり忙しくなると、すぐにそんな感情も忘れてしまった。

「なんか、宮澤のくせに生意気ね」

田村が大袈裟に顔をしかめる。

「なんでだよ」

「アタシてっきりアンタは純愛派なんだと思ってた」

「純愛って……少女漫画みたいな感じ？」

「そうそう」

「いまどきそんな奴いないだろ」

廊下に声が響く。田村は髪を掻き上げ、そうなんだけどね、と小さく呻いた。

「でもさ、いると思いたいじゃん」

願望だよ願望。そう自嘲気味に笑う彼女の横顔はひどく乾いていた。長い睫毛が微かに震える。

「アタシはさ、付き合ったことないよ。沖君以外、好きになったこともない」

「初恋、泰斗だったの？」

「多分ね」

そう言って、彼女は顔を伏せた。長い髪がさらさらと零れる。

「……どうすんの？」

「どうって？」

「これで終わりにすんの？」

昨日、お前言ったじゃん。そう言ったら、田村はますます小さく縮こまった。だんご虫みたいだ。つんと指で突いても、彼女は転がらないけれど。

「無理」

いまにも消えてしまいそうな、か細い声。

「無理よ、アタシには」

何が無理なんだ。そう聞いてみたいような気もするし、あるいはまったく逆のような気もする。答えを知りたい。知りたくない。ぐらぐらと、天秤が激しく揺れ動いている。

「分かってんの。無理だって。沖君は絶対振り向いてくれない。アタシには無理なの」

そこで唐突に、田村が顔を上げた。涙に濡れた瞳がこちらを捉える。彼女の手が伸び、俺の腕を掴んだ。その手のひらは、燃えるように熱い。

「苦しい」

吐き出された声が、カッンと床にぶつかる。張り詰める空気に、俺は息を止めた。もし自分が漫画の主人公だったら、ここで彼女を抱き締める。俺がいるじゃん。お前のことが好きだ。多分、そんな言葉を投げかける。だけど、これは漫画ではない。主人公ではない俺は、目の前で泣き崩れている少女に何も言えない。

好きだと、そう彼女には何度も言ってきた。なのにいま、俺の舌は痺れたように動かない。言葉が喉に突っかかって、ひゅうっと嫌な音を立てた。

恐ろしかったのだ。もしここで好きだと言えば、本当に彼女が落ちてしまいそうな気がして。

「諦めるのも、好きでいるのも、無理なの」

どうしたらいい。そう、田村が呟く。俺は目を伏せた。縋るように俺の腕を掴んでいた彼女の手は、やがて力なく滑り落ちた。

「……分かんねー」

やっとのことで、それだけを返した。田村はぱちぱちと瞬きを繰り返し、それからそっと俺から離れた。その瞳は何かを期待しているような気がして、だけど俺は何も言えなかった。

沈黙が続く。ぴんと張り詰めた空気が、俺の胃をきりきりと締め上げた。少女の視線は真っ直ぐにこちらへと向けられていた。それは明らかに敵意ではなかった。羨望にも近い、憂いを帯びた視線。ばちりと目が合う。こうやって彼女が俺と向かい合うのは、本当に久しぶりのことだった。久しぶりすぎて、どうしていいか分からない。視線の外し方すら忘れて、俺は緊張に息を呑む。

この奇妙な均衡を先に破ったのは、彼女のほうだった。不意に視線を落とした少女は、その口端を僅かに緩ませた。ついと、いびつな笑みができあがる。

「ゴメン、いきなりわけ分かんないこと言って」

「いや、まあ……それはいつものことだし」

「ヒドイ」

言葉が静寂の上を滑っていく。それが居心地悪く思えて、俺は眉間に皺を寄せた。

「アタシ、もう帰るね。……本当ゴメン」

彼女は笑った。ごちゃごちゃとマスコットのついた鞄を手にし、そのまま踵を返そうとする。いつもどおりを装う彼女の、そのあまりの痛々しさに、どっと胸に焦燥が込み上げてきた。何かを言わないといけない気がした。だけど、何を。答えが見つからないまま、俺はとにかく足元に転がっていた言葉の破片を引っ掴む。

「俺さ、」

田村は足を止めた。長い髪が翻る。

「俺、なんて言っていいか分かんねえけど、」

ミキサーにかけられたみたいに、脳味噌の中身はぐちゃぐちゃだった。

「お前が……泰斗が好きな、お前が好きだ」

田村の顔が、くしゃりと歪んだ。その唇が、小さく震える。

「ひどい奴」

彼女は短くそう告げた。それが本音なのか冗談なのか、俺には判断できなかった。

「アンタは、すごい残酷だよ」

その言葉の意味を、俺は理解できない。ただ彼女の表情が微かに和らいだような気がしたから、この選択は間違っていないと思った。

「宮澤、」

「うん」

「アタシ、沖君が好き」

「知ってる」

「終わりになんて、やっぱできない」

「そっか」

彼女の言葉に、ひどく安堵している自分がいた。吐き出した息が、微かに震える。

田村は目を伏せ、絞り出すように言った。

目元を拭い、彼女は笑う。その笑顔がいつもどおりだったから、俺も釣られて笑った。

「今日は早く帰るけど、明日は来るから。絶対。だから、アンタも来てよね」

「分かってるって」

「じゃあ、また明日」

「またな」

ひらり。田村の手が左右に揺れる。俺よりも少し大きいそれは、しかし俺のなんかよりもよっぽど華奢な造りをしていた。ほっそりとした指が空気を掻き回すのを、俺はただ見ている。その手は間違いなく、女子の手だった。

「ありがとね」

柔らかな声音が、俺の耳に飛び込んでくる。いま起きたことが信じられなくて、俺は目を見開いた。彼女の顔は真っ赤で、多分、俺の顔も赤かった。カッと皮膚に熱が走る。熱くなった頰を、思わず手のひらで押さえた。

とにかく何か言おう。そう俺が口を開くよりも先に、田村は廊下を駆け出していた。

下駄箱はここなのに。長い黒髪が、揺れる、揺れる。

「馬鹿だなー」

　誰に言うわけでもなく、俺は呟いた。両手で顔を覆い、そのまま俯く。真っ暗な視界の中に、先程の田村の表情が浮かんでくる。これが純愛ってやつか。柄にもなく、そんな馬鹿なことを思った。


「あ、おかえりー」

「……お前何やってんだよ」

　美術室に戻ると、泰斗が床の上に寝そべっていた。かなり大柄な彼の身体は、正直言って通行の邪魔となる。腹の辺りを軽く蹴ってやれば、彼は口からぐほっと変な音を出して大袈裟に身をのけ反らした。オーバーリアクションにもほどがある。

「痛い痛い、いまのはマジでヤバいやつだった」

「痛いわけねぇだろ。ほんと大袈裟だな」

「親友の言うことが信じられないって？」

「え、俺ら親友だったの？」

「うわー何そのリアクション。へこむわー。沖に３０００のダメージ！」

「うるせー。声でけーよ」

ゴメンゴメン、と泰斗は笑いながら身体を起こした。その視線が、俺の手の上でぴたりと止まる。

「お、カルピス」

「暑いから買ってきた」

「さっすが！　オレお前のことマジで好きだわ」

「知らねぇよ馬鹿」

言いながら、俺は缶を投げ渡す。自販機で買ったばかりのそれは夏の暑さに音を上げたのか、もうすでにうっすらと汗をかいていた。

「けいとの奢り？」

「あとで百二十円返せ」

「うわ、お前ケチだなあ」

泰斗がプルタブを引く。その間、俺は自分のために買った缶を開ける。コーラを選んだのに、特に理由はない。

「田村、本当に帰っちゃったの？」

「完全に帰った」

「あ、そう」

泰斗の表情が、一瞬だけ真面目なものになる。何を考えてるんだか。そう思いながら、俺はジュースを嚥下する。

「明日はちゃんと来るって」

「へー」

「顔合わせせんの気まずい？」

「当たり前だろ。オレもそこまで無神経じゃねえって」

炭酸が舌の上で弾ける。べったりとした甘さが、口の中に張り付いた。

「……結局アレ、なんだったんだと思う？」

「アレって？」

「田村だよ」

泰斗はそう言って首を捻る。

「告白されたわけでもないし、オレはこれからどう接したらいいわけ？」

「いつもどおりでいいんじゃね？」

「いいのかな」

「さあ、分かんねえけど」

女って何がしたいか分かんねーよなあ。そう呟いた彼の声にはどこか切実さがこもっていて、この前会った元カノと何かあったのだろうかなどと勝手に想像したりした。

「けいとはどうなの？　告白した？」

唐突に話題の矛先を向けられ、コーラが変な器官に入った。むせる俺を、泰斗はニヤニヤしながら見ている。

「なんでそうなんだよ」

「だっていまがチャンスだったろ？」

「……このタイミングでお前がそれ言うわけ？」

「デリカシーなくてすみませんねー」

「ま、お前にそんなもん期待しても無駄だしな」

仕方ないと肩を竦めてみせれば、何故か彼は嬉しそうに笑みを深めた。彼の反応はときどき、俺の理解を飛び超える。

「で、告白したの？　してないの？」

「してねぇよ。って言うか、これからもするつもりないし」

「なんで」

「俺と付き合っても、意味ないから」

「……は？」

意味が分からない。泰斗の表情が言外にそう言っている。ぱちぱちと上下する睫毛がなんだか可笑しくて、思わず口元が緩んでしまった。

「俺さ、お前のこと好きな田村が好きなわけ」

「はあ」

「だから付き合うとかはない。マジで」

「はあ」

「なんだよ、反応薄いな」

「いや、ちょっとわけ分かんなくて……あー、つまりお前はオレと田村が付き合ってほしいの？」

「んー、そういうわけでもない」

自分でもよく分かんないんだけど。俺はそう言って苦笑した。

「お前を追っかけてる田村が好きなんだよね」

泰斗はぽかんと口を開いたまま、呆気（あっけ）に取られたような顔をした。うわあ、馬鹿っぽい顔。そんな失礼なことを俺が考えている間にも、今度はその顔がしかめっ面へと変化する。

「……ソレ、アイツに言った？」

「言ったけど」

「うわー、お前ひでぇ奴だな」

「なんでだよ」

「なんつーか……すげえザンコク？」

「はあ?」

残酷。さっき田村に言われたのと同じ言葉だ。泰斗は溜め息をついて、机の上に缶を置く。カラン。部室に響く接触音。

「アイツがお前のこと好きでも、それって報われないじゃん」

「問題ねぇよ。アイツが好きなの、お前なんだから」

「……お前がそれでいいなら、まあいいけど」

何に対してかは分からないが、泰斗は納得していないようだった。俺は一気にジュースを呷ると、ぶつぶつと不満を呟き続けている彼に缶を突き出した。捨てといて。そう言えば、泰斗は文句一つ言わずそれを受け入れる。カルピスの隣に並ぶ、コーラの空き缶。

「暑いなあ」

泰斗が唸る。

「クーラーねぇからな」

「みどりちゃんクーラー買ってくんねえかなあ、美術室に」

「なんで先生が自腹でそんなもん買うんだよ」

「ツッコむなって、願望だよ願望」

「国から補助金が下りたら買えるよ」

「うわ、現実的ー」

泰斗がげんなりと顔を歪める。俺は窓を最大まで開くと、カーテンを端へとまとめ
上げた。夏の陽射しが教室へと入り込む。眩しい。

「みどり先生で思い出したけど、お前もう面談受けた？」

「終わった終わった」

「どうだった？」

「どうって……別に面白いことはなかったけど」

「ふーん」

席に腰かけ、俺は顎を机の上にのせる。ひんやりとした表面が心地好い。

「なんかあったか？」

泰斗が笑う気配がする。急にどっと疲れが出て、俺は半分だけ瞼を閉じた。

「焦るなって言われた」

「はは、見透かされてんじゃん」

「俺、みどり先生は好きだけど、ああいうとこは嫌い。大人みたいで」

「みどりちゃんは立派な大人だぜ？」

「知ってる……そういう意味じゃない」

「分かってるって」

同意を示すように、泰斗が首を縦に振る。

「焦るだろ、そりゃ」

俺は唸るように呟く。ゴン、と鈍い音がした。机に突っ伏した拍子に、額を打ち付けたのだ。痛い。

「もう十五だぞ」

「まだ十五だよ」

「……怖いんだよ、大人になるのが」

どうしてみんなは怖くないんだろう。俺はいつも不思議に思う。大人になりたいなんて頼んでもいないのに、身体は勝手に老化する。細胞が時を刻み、早く大人になれと急かす。こちらの意思などお構いなしに、成長することを押し付ける。

「けいとは大人になるのが嫌なわけ？」

「やだ」

やだよ、と俺は静かに繰り返す。

「お前はどうなの」

「オレはむしろ早く大人になりたいけど」

「俺はこのままがいい」

「えー、なんで」

「なくすから」

「何を」

「いまを」

くさい台詞だな、と我ながら思う。泰斗は考え込むように、眉間に皺を寄せた。

「いまのままで充分満足してるんだ。だけど大人になったらそれじゃあ許されないから。だから、俺は焦ってる。未来のためになんかしなきゃって、走ってるフリしてる。本当は俺、いまのままがいいのに」

「オレはヤだけど」

「お前がどうとか知らねえよ」

「オレは満足してないけど！」

ぐいと肩を引っ張られる。指が肩に食い込み、骨が僅かに軋む。彼はいつもそう。興奮すると、力の加減ができなくなる。痛いって言うのはなんだか負けな気がするから、俺は意地でも言わないけど。

「こ、高校生活だぞ！　青春だぞ！　いっぱい馬鹿なことやろうと思ってんのに、こんなんで満足されてちゃ困るぜオレは！」

「……………お前馬鹿だな」

「なんだいまさら知ったのか？」

「いや、前から知ってたけど」

俺が口端を持ち上げてやれば、泰斗は安堵したような笑みを浮かべた。単純な奴。

「馬鹿なことって例えば？」

「そうだな……ファミレスのメニュー制覇したりとか、自販機のアイス買い占めるとか、教卓でチョコレートピラミッド作るとか」

「お前普段そんなことばっか考えてんだろ。だから期末試験ヤバかったんだよ」

「それは言うなよ」

泰斗は愉快げにカラカラと喉を鳴らした。だがその目は笑っていない。こちらの本音を見透かそうと、必死になって俺に縋り付いている。たまに思う。泰斗から見た俺は一体どんな奴なんだろう。

「……気、遣わせて悪かったな」

そう告げると、泰斗はゆっくりと両手を離した。まるで気にしてないふうを装って、彼はへらりと笑う。

「別に気とか遣ってないけど？　オレはいつだって本気だぜ」

「あっそ」

なんだか気恥ずかしくなって、俺は頬杖をつく。グラウンドではサッカー部員が走り回っている。白黒のボールが宙を舞う。高く高く、遠く遠く。

「この絵さ、アレだよな」

「ん？」

窓から視線を外し、彼を見る。泰斗は俺の描いた絵を、じっと見下ろしていた。

「お前のお姉さんだよな？」

「あ、分かった？」

「分かるよ。まあ、だいぶ美化されてるけど」

絵なんてそういうもんだろ。俺が言うと、彼はなんとも真面目な顔で、そういうもんか、と頷いた。

「いいよなあ、姉貴。オレも欲しい」

「お前にはお兄さんがいるじゃねえか」

「いやあ、やっぱり一緒に住むなら男より女がいいよ」

「そういう問題か？」

「そういう問題だよ」

あ、そう言えばさ。と、泰斗はそこで話題を切り替えた。なんてことないことみたいに、彼はあっさりと口を開く。

「オレとお前が付き合ってるって噂知ってる？」

ブッと思わず噴き出す。わざわざ避けてたのに、なんでいまその話を出すんだ。動揺を隠し切れず、俺は意味もなく前髪に触れる。

「知ってるも何も、スゲー迷惑してるよ。俺に彼女できなかったら、お前のせいだぞ」

「その件でさ、オレお前に謝らなきゃなんないんだけど」

「なんだよ改まって」

こう真剣な顔をされると、続きを聞くのが恐ろしい。ただでさえかなりの迷惑を被っているというのに。一体次は何が起こるんだ。

「この前さ、帰りしなに里沙子に会ったじゃん?」

「あぁ、お前の元カノね」

「そうそう。で、コイツが諸悪の根源だったの」

「はあ?」

泰斗はケータイを操作し、彼女から送られてきた文面を見せる。

みてみてー、そっちの高校の友達から画像回ってきた！　二人がどういう関係か知ってる？　って聞かれたから、超ラブラブって答えておいた（笑）　うちの高校の友達に見せたら、なんかみんなすごい騒いでる。イケメンっていいね！

絵文字でカラフルに彩られた文面。付属の画像に写っていたのは、ただの日常の光景だった。俺と泰斗が休み時間に笑いながらしゃべっている。ただそれだけ。普通に見たら、と言うか、どう考えてもただの友達にしか見えないはずだ。これがどうしたらあの噂を生み出すんだ。

「なんかさ、里沙子の冗談がいつのまにか噂になっちゃったっぽいんだよね」

「噂こえぇ！」

「アイツも悪気があったわけじゃないからさ、なんかあんまり責められなくて」

泰斗は申し訳なさげに頭を掻く。そんな顔をされると、こちらとしてもあまり文句が言えなくなる。こうなってしまっては、わざとじゃないならしょうがないと自分自身に言い聞かせるしかない。

「まあ、みんなネタで言ってるだけだから。噂もすぐに収まるだろ」

「だといいけどなあ」

俺は思わず溜め息をつく。泰斗は笑いながら、机にあった缶をごみ箱へと突っ込んだ。それを眺めながら、ふと俺は妙案を思い付く。

「って言うかさ、お前が彼女作ればすぐに消えんじゃないの？　この噂」

「いや、いまのところ作るつもりないし」

速答だった。彼の辟易とした表情を見るに、ほかの奴からも同じ提案をされたのかもしれない。

「なんで作らないの？」

「だってオレにはお前がいるし、別に必要なくない？」

「……あ、そう」

こういう言動が誤解を生むのだと、彼には自覚があるのだろうか。言っても無駄だろうから、俺は曖昧な顔をして頷いておいた。

そんなこちらの心労を知ってか知らずか、泰斗はぐっと身体を伸ばし、大きく欠伸をした。その馬鹿正直な背中を見ていると、こんなくだらないことに悩んでいる自分が阿呆らしく思えてくる。なあ、そう呼ぶと、彼は素直に振り向いた。

「俺もさ、」

じいじいと大声で、蝉が暑さを訴えている。泰斗の足元には、真っ黒な影が伸びていた。のっぺりとした平面が、我が物顔でそこに立っている。それが無性に可笑しくて、普段なら絶対言わないような言葉が俺の頭にぽつりと浮かんだ。理性が遮断する前に、声がするりと喉を抜ける。

「俺も結構好きだぜ、お前のこと」

そう言った刹那、泰斗の動きは止まった。一拍遅れて、その顔が赤く茹で上がる。恥ずかしい奴め。俺は席から立ち上がり、足を一歩踏み出す。そうすると、俺の白い上履きが彼の影を捕らえた。中学時代のそれとは違う、まだ真っ白で染み一つない、俺の靴。

胸の奥がむず痒くて、なんだか走り出してしまいたくなった。頬の辺りが燃えるように熱いのは、多分、陽射しに感染したからだ。

俺の言葉に、泰斗は応える。

「知ってるよ馬鹿！」

この物語はフィクションです。作中に同一の名称があった場合でも、
実在する人物、団体等とは一切関係ありません。

本書は、二〇一三年五月に文庫として刊行した作品の新装版です。

あとがき

私のデビュー作である『今日、きみと息をする。』の発売から十年が経ちました。今回、武田綾乃デビュー十周年ということで、この本が新装版で刊行されることになりました。十年が経ったいま読み返すと、やはり時の流れを感じざるを得ませんね。もっとも気になったのは、ガラケーの描写でしょうか。当時はガラケーのほうが多数派でしたが、いまやほとんどの人がスマホを持っています。こんな時代が来るとは、十年前には想像もしていませんでした。

ほかの部分に関しても、「こうしたほうがいいのでは」「ああしたほうがいいかも」などとつらつらと思ったりしたのですが、「いや、こういうのは当時の私の文章をそのまま形に残したほうがいい！」と思ったので手を加えるのは誤字の修正程度にとどめました（ただ、『写メ』という単語はいまの若い人たちには通じないかもしれないと思ったので、『画像』に修正しました。これも時代ですね）。

私がこの小説を書いたのは十九歳の、大学生の夏休みのころでした。当時の私は大学生の間に作家志望者らしいことをしようと決めていたので、小説賞の応募スケジュール帳を作り、それに合わせて執筆することにしていました。この本が出るきっかけとなった「日本ラブストーリー大賞」は、残念ながらいまはもうありません。ちなみに、第一回の大賞受賞者はあの原田(はらだ)マハさん。意外とすごい賞なのです(私は「隠し玉」という推薦枠でデビューしたので、虎の威を借りるのもおこがましいレベルですが)。

この「日本ラブストーリー大賞」の応募の締め切りは夏だったのですが、基本的に文学賞の締め切りというのは冬から春の時期であることが多いです。そのため、大学生活が落ち着いたころに執筆を始めようと思うと、必然的に締め切りが夏である「日本ラブストーリー大賞」に最初に応募することになりました。あのころはやけくそで書いていたので、確か夏休みの二週間程度で話を書き切った記憶があります。推敲(すいこう)せずに応募したので誤字がたくさんありましたし、そもそも構成も無茶苦茶でした。

この本に載っている原稿は担当編集と一緒に修正して直したものなので、応募原稿からはかなり修正がされています。いちばん修正されているのは四章で、応募原稿ではけいと・夏美・泰斗の視点が目まぐるしく交代していたのですが、それがけいとだけになりました。スッキリして読みやすくなったと思います。そうしたプロの指摘を若いうちに受けることができたことは、私にとって大きな財産となりました。

編集者の力というのは偉大で、私一人ではぐるぐると悩み続けるしかないときにでも助けの手を差し伸べてくれます。飽き性でネガティブな私が十年間も作家を続けていられるのは、支えてくれている人々のおかげです。そして、応援してくださる読者の方々のおかげでもあります。

作家デビューしたとき、授賞パーティーで「作家の生存率はガンより低い」と言われました。三年間、五年間と作家を続けることはかなり難しいことなので、まさか自分がこんなふうに十年間も作家を続けることができるとは思ってもいませんでした。それもこれも、応援してくださる読者の方の助けがあってこそです。

できることならば、十五年、二十年と作家を続けていきたいです。いまは小説以外のジャンルの仕事も増えてきましたが、私の核はやはり小説にあると思っています。

一作でも多く魅力的な物語を作れるように精進しますので、今後ともお付き合いいただければ幸いです。

武田綾乃

武田綾乃（たけだ・あやの）

1992年、京都府生まれ。2013年、第8回日本ラブストーリー大賞の隠し玉作品『今日、きみと息をする。』（宝島社文庫）でデビュー。「響け！ ユーフォニアム」シリーズ（宝島社文庫）はテレビアニメ化され話題に。2021年、『愛されなくても別に』（講談社）で吉川英治文学新人賞を受賞。他の著書に『嘘つきなふたり』（KADOKAWA）、「君と漕ぐ」シリーズ（新潮文庫 nex）などがある。漫画『花は咲く、修羅の如く』（ヤングジャンプコミックス）の原作も手がける。

宝島社
文庫

新装版　今日、きみと息をする。
（しんそうばん　きょう、きみといきをする。）

2023年5月23日　第1刷発行

著　者　武田綾乃
発行人　蓮見清一
発行所　株式会社 宝島社
〒102-8388　東京都千代田区一番町25番地
電話：営業 03(3234)4621／編集 03(3239)0599
https://tkj.jp
印刷・製本　株式会社広済堂ネクスト

First published 2013 by Takarajimasha, Inc.
Printed in Japan
ISBN978-4-299-04277-4